郁達夫的杭州

郁達夫 著

陸宗寅 編選、攝影

三聯書店（香港）有限公司

書名題字　蕭　滋
責任編輯　蔡凌志
裝幀設計　吳冠曼

書　　名　郁達夫的杭州
著　　者　郁達夫
攝　　影　陸宗寅
編　　選　陸宗寅
出版發行　三聯書店（香港）有限公司
　　　　　香港荃灣德士古道220-248號16字樓
　　　　　JOINT PUBLISHING (H.K.) CO., LTD.
　　　　　16/F., 220-248 Texaco Road, Tsuen Wan, Hong Kong
印　　刷　深圳中華商務安全印務股份有限公司
　　　　　深圳市龍崗區平湖鎮萬福工業區
版　　次　2004年2月香港第一版第一次印刷
規　　格　特16開（152×228mm）184面
國際書號　ISBN 962 . 04 . 2304 . 6
©2004　Joint Publishing (H.K.) Co., Ltd.
Published in Hong Kong

目錄

茶館。 杭州地區栽培茶樹已有1200多年的歷史，各種茶館均以自家獨到的沏茶法款待四方遊人和貴客。

"丙申年，庚子月，甲午日，甲子時"，這是因為近年來時運不佳，東奔西走，⋯⋯

自傳

一：悲劇的出生

"丙申年，庚子月，甲午日，甲子時"，這是因為近年來時運不佳，東奔西走，往往斷炊，室人於絕望之餘，替我去批來的命單上的八字。開口就說年庚，倘被精神異狀的有些女作家看見，難免得又是一頓痛罵，說："你這醜小子，你也想學起張君瑞來了麼？下流，下流！"但我的目的呢，倒並不是在求愛，不過想大書特書地說一聲，在光緒二十二年十一月初三的夜半，一齣結構並不很好而尚未完成的悲劇出生了。

雨中的郁達夫故居。　"一座舊式三開間的樓房"，坐北朝南。郁達夫和他的兩位哥哥均在此出生。1998年由於城建發展的原因，此樓在原址向前整體移動了十來米。

（左）**富陽鸛山腳。** 富陽是杭州西南部重要衛星城鎮，美麗的富春江自西南至東北橫貫縣境，遙望富春綠水碧波，景色綺麗。清代宰相董浩、現代著名文學家郁達夫的故居均坐落於鸛山腳下。

（右）**豐收。** 豐收的喜悅凝聚在金黃的穀穗上，沉甸甸的。

　　光緒的二十二年（西曆一八九六）丙申，是中國正和日本戰敗後的第三年；朝廷日日在那裏下罪己詔，辦官書局，修鐵路，講時務，和各國締訂條約。東方的睡獅，受了這當頭的一棒，似乎要醒轉來了；可是在酣夢的中間，消化不良的內臟，早經發生了腐潰，任你是如何的國手，也有點兒不容易下藥的徵兆，卻久已流佈在上下各地的施設之中。敗戰後的國民——尤其是初出生的小國民，當然是畸形，是有恐怖狂，是神經質的。

　　兒時的回憶，誰也在說，是最完美的一章，但我的回憶，卻盡是些空洞。第一，我所經驗到的最初的感覺，便是飢餓；對於飢餓的恐怖，到現在還在緊逼着我。

　　生到了末子，大約母體總也已經是虧損到了不堪再育了，乳汁的稀薄，原是當然的事情。而一個小縣城裏的書香世家，在洪楊之後，不曾發迹過的一家破落鄉紳的家裏，僱乳母可真不是一件細事。

　　四十年前的中國國民經濟，比到現在，雖然也並不見得凋敝，但當時的物質享樂，卻大家都在壓制，壓制得比英國清教徒治世的革命時代還要嚴刻。所以在一家小縣城裏的中產之家，非但僱乳母是一件不可容許的罪惡，就是一切家事的操作，也要主婦上場，親自去做的。像這樣的一位奶水不足的母親，而又餵乳不能按時，雜食不加限制，養出來的小孩，哪裏能夠強健？我還長不到十二個月，就因營養的不良患起腸胃病來了。一病年餘，由衰弱而發熱，由發熱而痙攣；家中上下，竟被一條小生命而累得精疲力盡；到了我出生後第三年的春夏之交，父親也因此以病以死；在這裏總算是悲劇的序幕結束了，此後便只是孤兒寡婦的正劇的上場。

　　幾日西北風一颳，天上的鱗雲，都被吹掃到東海裏去了。太陽雖則消失了幾分熱力，但一碧的長天，卻開大了笑口。富春江兩岸的烏柏樹、槭樹，楓

樹，振脫了許多病葉，顯出了更疏勻更紅豔的秋社後的濃妝；稻田割起了之後的那一種和平的氣象，那一種潔淨沉寂，歡欣乾燥的農村氣象，就是立在縣城這面的江上，遠遠望去，也感覺得出來。那一條流繞在縣城東南的大江哩，雖因無潮而殺了水勢，比起春夏時候的水量來，要淺到丈把高的高度，但水色卻澄清了，澄清得可以照見浮在水面上的鴨嘴的斑紋。從上江開下來的運貨船隻，這時候特別的多，風帆也格外的飽；狹長的白點，水面上一條，水底下一條，似飛雲也似白象，以青紅的山，深藍的天和水做了背景，悠閒地無聲地在江面上滑走。水邊上在那裏看船行，摸魚蝦，採被水沖洗得很光潔的白石，挖泥沙造城池的小孩們，都拖着了小小的影子，在這一個午飯之前的幾刻鐘裏，鼓動他們的四肢，竭盡他們的氣力。

　　離南門碼頭不遠的一塊水邊大石條上，這時候也坐着一個五六歲的小孩，頭上養着了一圈羅漢髮，身上穿了青粗布的棉袍子，在太陽裏張着眼望江中間來往的帆檣。就在他的前面，在貼近水際的一塊青石上，有一位十五六歲像是人家的使婢模樣的女子，跪着在那裏淘米洗菜。這相貌清瘦的孩子，既不下來

和其他的同年輩的小孩們去同玩，也不願意說話似地只沉默着在看遠處。等那女子洗完菜後，站起來要走，她才笑着問了他一聲說：“你肚皮餓了沒有？”他一邊在石條上立起，預備着走，一邊還在凝視着遠處默默地搖了搖頭。倒是這女子，看得他有點可憐起來了，就走近去握着了他的小手，彎腰輕輕地向他耳邊說：“你在惦記着你的娘麼？她是明後天就快回來了！”這小孩才回轉了頭，仰起來向她露了一臉很悲涼很寂寞的苦笑。

這相差十歲左右，看去又像姊弟又像主僕的兩個人，慢慢走上了碼頭，走進了城垛；沿城向西走了一段，便在一條南向大江的小弄裏走進去了。他們的住宅，就在這條小弄中的一條支弄裏頭，是一間舊式三開間的樓房。大門內的大院子裏，長着些雜色的花木，也有幾隻大金魚缸沿牆擺在那裏。時間將近正午了，太陽從院子裏曬上了向南的階簷。這小孩一進大門，就跑步走到了正中的

（上）平波捲舒，層巒疊翠的富春山水。

（下）勞累了一天的水牛，在溪流裏洗個痛快的礦泉澡。

郁家二樓明廊。　"靠階簷的一間南房內，也照進了太陽光，那小
孩只靜悄悄地在一張鋪着被的藤榻上坐着……"

那間廳上，向坐在上面唸經的一位五六十歲的老婆婆問說：

"奶奶，娘就快回來了麼？翠花說，不是明天，後天總可以回來的，是真的麼？"

老婆婆仍在繼續着唸經，並不開口說話，只把頭點了兩點。小孩子似乎是滿足了，歪了頭向他祖母的扁嘴看了一息，看看這一篇她在唸着的經正還沒有到一段落，祖母的開口說話，是還有幾分鐘好等的樣子，他就又跑入廚下，去和翠花作伴去了。

午飯吃後，祖母仍在唸她的經，翠花在廚下收拾食器；除了偶爾有幾聲洗鍋子潑水碗相擊的聲音傳過來外，這座三開間的大樓和大樓外的大院子裏，靜得同在墳墓裏一樣。太陽曬滿了東面的半個院子，有幾匹寒蜂和耐得起冷的蠅子，在花木裏微鳴蠢動。靠階簷的一間南房內，也照進了太陽光，那小孩只靜悄悄地在一張鋪着被的藤榻上坐着，翻看幾本劉永福鎮台灣，日本蠻子樺山總督被擒的石印小畫本。

等翠花收拾完畢，一盆衣服洗好，想叫了他再一道地上江邊去敲濯的時候，他卻早在藤榻的被上，和衣睡着了。

這是我所記得的兒時生活。兩位哥哥，因為年紀和我差得太遠，早就上離家很遠的書塾去唸書了，所以沒有一道玩的可能。守了數十年寡的祖母，也已將人生看穿了，自我有記憶以來，總只看見她在動着那張沒有牙齒的扁嘴唸佛唸經。自父親死後，母親要身兼父職了，入秋以後，老是不在家裏；上鄉間去收租穀的是她，將穀託人去礱成米的也是她，僱了船，連柴帶米，一道運回城裏來的也是她。

在我這孤獨的童年裏，日日和我在一處，有時候也講些故事給我聽，有時候也因我脾氣的古怪而和我鬧，可是結果終究是非常痛愛我的，卻是那一位忠心的使婢翠花。她上我們家裏來的時候，年紀正小得很，聽母親說，那時候連她的大小便，吃飯穿衣，都還要大人來侍候她的。父親死後，兩位哥哥要上學去，母親要帶了長工到鄉下去料理一切，家中的大小操作，全賴着當時只有十幾歲的她的一雙手。

（左）郁家的廚房，翠花忙碌之所。　郁達夫祖母一心唸佛，郁母掌持經濟，家中日常事務全落在翠花肩頭上，而幼小的郁達夫（陰生）總在她圍裙旁嬉戲。

（右）郁家廚房一角。

　　只有孤兒寡婦的人家，受鄰居親戚們的一點欺淩，是免不了的；凡我們家裏的田地被盜賣了，堆在鄉下的租穀等被竊去了，或祖墳山的墳樹被砍了的時候，母親去爭奪不轉來，最後的出氣，就只是在父親像前的一場痛哭。母親哭了，我是當然也只有哭，而將我抱入懷裏，時用柔和的話來慰撫我的翠花，總也要淚流得滿面，恨死了那些無賴的親戚鄰居。

　　我記得有一次，也是將近吃中飯的時候了，母親不在家，祖母在廳上唸佛，我一個人從花壇邊的石階上，站了起來，在看大缸裏的金魚。太陽光漏過了院子裏的樹葉，一絲一絲地射進了水，照得缸裏的水藻與游動的金魚，和平時完全變了樣子。我於驚歎之餘，就伸手到了缸裏，想將一絲一絲的日光捉起，看它一個痛快。上半身用力過猛，兩隻腳浮起來了，心裏一慌，頭部胸部就顛倒浸入到了缸裏的水藻之中。我想叫，但叫不出聲來，將身體掙扎了半天，以後就沒有了知覺。等我從夢裏醒轉來的時候，已經是晚上了，一睜開眼，我只看見兩眼哭得紅腫的翠花的臉伏在我的臉上。我叫了一聲"翠花！"她帶着鼻音，輕輕地問我："你看見我了麼？你看得見我了麼？要不要水喝？"我只覺得身上頭上像有火在燒，叫她快點把蓋在那裏的棉被掀開。她又輕輕地止住我說："不，不，野貓要來的！"我舉目向煤油燈下一看，眼睛裏起了花，一個一個的物體黑影，都變了相，真以為是身入了野貓的世界，就嘩的一聲大哭了起來。祖母、母親，聽見了我的哭聲，也趕到房裏來了，我只聽見母親吩咐翠花說："你去吃夜飯去，阿官由我來陪他！"

　　翠花後來嫁給了一位我小學裏的先生去做填房，生了兒女，做了主母。現在也已經有了白髮，成了寡婦了。前幾年，我回家去，看見她剛從鄉下挑了一擔老玉米之類的土產來我們家裏探望我的老母。和她已經有二十幾年不見了，她突然看見了我，先笑了一陣，後來就哭了起來。我問她的兒子，就是我的外甥有沒有和她一起進城來玩，她一邊擦着眼淚，一邊還向布裙袋裏摸出了一個烤白芋來給我吃。我笑着接過來了，邊上的人也大家笑了起來，大約我在她的眼裏，總還只是五六歲的一個孤獨的孩子。

二：我的夢，我的青春！

　　不曉得是在哪一本俄國作家的作品裏，曾經看到過一段寫一個小村落的文字，他說："譬如有許多紙折起來的房子，擺在一段高的地方，被大風一吹，這些房子就歪歪斜斜地飛落到了谷裏，緊擠在一道了。"前面有一條富春江繞着，東西北的三面盡是些小山包住的富陽縣城，也的確可以借了這一段文字來形容。

"六個銅子一碗的小酒館"如今已難覓尋，但昔日的風采仍可追憶。

雖則是一個行政中心的縣城，可是人家不滿三千，商店不過百數；一般居民，全不曉得做什麼手工業，或其他新式的生產事業，所靠以度日的，有幾家自然是祖遺的一點田產，有幾家則專以小房子出租，在吃兩元三元一月的租金；而大多數的百姓，卻還是既無恆產，又無恆業，沒有目的，沒有計劃，只同蟑螂似地在那裏出生，死亡，繁殖下去。

這些蟑螂的密集之區，總不外乎兩處地方；一處是三個銅子一碗的茶店，一處是六個銅子一碗的小酒館。他們在那裏從早晨坐起，一直可以坐到晚上上排門的時候；討論柴米油鹽的價格，傳播東鄰西舍的新聞，為了一點不相干的細事，譬如說罷，甲以為李德泰的煤油只賣三個銅子一提，乙以為是五個銅子兩提的話，雙方就會得爭論起來；此外的人，也馬上分成甲黨或乙黨提出證據，互相論辯；弄到後來，也許相打起來，打得頭破血流，還不能夠解決。

因此，在這麼小的一個縣城裏，茶店酒館，竟也有五六十家之多；於是大部分的蟑螂，就家裏可以不備面盆手巾，桌椅板凳，飯鍋碗筷等日常用具，而悠悠地生活過去了。離我們家裏不遠的大江邊上，就有這樣的兩處蟑螂之窟。

在我們的左面，住有一家砍砍柴，賣賣菜，人家死人或娶親，去幫幫忙跑跑腿的人家。他們的一族，男女老小的人數很多很多，而住的那一間屋，卻只比牛欄馬槽大了一點。他們家裏的頂小的一位苗裔年紀比我大一歲，名字叫阿千，冬天穿的是同傘似的一堆破絮，夏天，大半身是光光地裸着的；因而皮膚黝黑，臂膀粗大，臉上也像是生落地之後，只洗了一次的樣子。他雖只比我大

小巷裏出殯的人群。

了一歲，但是跟了他們屋裏的大人，茶店酒館日日去上，婚喪的人家，也老在

進出；打起架吵起嘴來，尤其勇猛。我每天見他從我們的門口走過，心裏老在

羨慕，以為他又上茶店酒館去了，我要到什麼時候，才可以同他一樣的和大人

去夾在一道呢！而他的出去和回來，不管是在清早或深夜，我總沒有一次不注意到的，因為他的喉音很大，有時候一邊走着，一邊在絕叫着和大人談天，若只他一個人的時候哩，總在嚕蘇地唱戲。

當一天的工作完了，他跟了他們家裏的大人，一道上酒店去的時候，看見我欣羨地立在門口，他原也曾邀約過我；但一則怕母親要罵，二則膽子終於太小，經不起那些大人的盤問笑說，我總是微笑着搖搖頭，就跑進屋裏去躲開了，為的是上茶酒店去的誘惑性，實在強不過。

有一天春天的早晨，母親上父親的墳頭去掃墓去了，祖母也一侵早上了一座遠在三四里路外的廟裏去唸佛。翠花在灶下收拾早餐的碗筷，我只一個人立在門口，看有淡雲浮着的青天。忽而阿千唱着戲，背着鈎刀和小扁擔繩索之類，從他的家裏出來，看了我的那種沒精打采的神氣，他就立了下來和我談天，並且說：

"鸛山後面的盤龍山上，映山紅開得多着哩；並且還有烏米飯（是一種小黑果子），形管子（也是一種刺果），刺莓等等，你跟了我來罷，我可以採一

大堆給你。你們奶奶，不也在北面山腳下的真覺寺裏唸佛麼？等我砍好了柴，

我就可以送你上寺裏去吃飯去。"

　　阿千本來是我所崇拜的英雄，而這一回又只有他一個人去砍柴，

天氣那麼的好，今天侵早祖母出去唸佛的時候，我本是嚷着要

同去的，但她因為怕我走不動，就把我留下了。現在一

聽到了這一個提議，自然是心裏急跳了起來，兩

隻腳便也很輕鬆地跟他出發了，並且還只怕翠

花要出來阻撓，跑路跑得比平時只有得快

些。出了弄堂，向東沿着江，一口氣跑出了

縣城之後，天地寬廣起來了，我的對於這一

（上）"遠看看天和水以及淡淡的青山，漸聽得阿千的
唱戲聲音幽下去遠下去了，心裏就莫名其妙地起了一
種渴望與悲思。"

（下）"鶴山後面的盤龍山上，映山紅開得多着
哩……"

次冒險的驚懼之心就馬上被大自然的威力所壓倒。這樣問問，那樣談談，阿千真像是一部小小的自然界的百科大辭典；而到盤龍山腳去的一段野路，便成了我最初學自然科學的模範小課本。

麥已經長得有好幾尺高了，麥田裏的桑樹，也都發出了絨樣的葉芽。晴天裏"舒叔叔"的一聲飛鳴過去的，是老鷹在覓食；樹枝頭吱吱喳喳，似在打架又像是在談天的，大半是麻雀之類；遠處的竹林叢裏，既有抑揚，又帶餘韻，在那裏歌唱的，才是深山的畫眉。

上山的路旁，一拳一拳像小孩子的拳頭似的小草，長得很多；拳的左右上下，滿長着了些絳黃的絨毛，彷彿是野生的蟲類，我起初看了，只在害怕，走路的時候，若遇到一叢，總要繞一個彎，讓開它們，但阿千卻笑起來了，他說：

"這是薇蕨，摘了去，把下面的粗幹切了，炒起來吃，味道是很好的哩！"

漸走漸高了，山上的青紅雜色，迷亂了我的眼目。日光直射在山坡上，從草木泥土裏蒸發出來的一種氣息，使我呼吸感到了困難；阿千也走得熱起來了，把他的一件破夾襖一脫，丟向了地下。教我在一塊大石上坐下息着，他一個人穿了一件小衫唱着戲去砍柴採野果去了；我回身立在石上，向大江一看，又深深地深深得到了一種新的驚異。

這世界真大呀！那寬廣的水面！那澄碧的天空！那些上下的船隻，究竟是從哪裏來，上哪裏去的呢？

我一個人立在半山的大石上，近看看有一層陽炎在顫動着的綠野桑田，遠看看天和水以及淡淡的青山，漸聽得阿千的唱戲聲音幽下去遠下去了，心裏就莫名其妙地起了一種渴望與愁思。我要到什麼時候才能大起來呢？我要到什麼時候才可以到這像在天邊似的遠處去呢？到了天邊，那麼我的家呢？我的家裏的人呢？同時感到了對遠處的遙念與對鄉井的離愁，眼角裏便自然而然地湧出了熱淚。到後來，腦子也昏亂了，眼睛也模糊了，我只呆呆地立在那塊大石上的陽光裏做幻夢。我夢見有一隻揩擦得很潔淨的船，船上面張着了一面很大很飽滿的白帆，我和祖母、母親、翠花、阿千等都在船上，吃着東西，唱着戲，

江南春早。 每年三四月，油菜花黃、蠶豆花艷的季節，春耕開始了，農家忙着做秧田。

順流下去，到了一處不相識的地方。我又夢見城裏的茶店酒館，都搬上山來了，我和阿千便在這山上的酒館裏大喝大嚷，旁邊的許多大人，都在那裏驚奇仰視。

這一種接連不斷的白日之夢，不知做了多少時候，阿千卻揹了一捆小小的草柴，和一包刺莓、映山紅、烏米飯之類的野果，回到我立在那裏的大石邊來了；他脱下了小衫，光着了脊肋，那些野果就係包在他的小衫裏面的。

他提議説，時候不早了，他還要砍一捆柴，且讓我們吃着野果，先從山腰走向後山去罷，因為前山的草柴，已經被人砍完，第二捆不容易採刮攏來了。

慢慢地走到了山後，山下的那個真覺寺的鐘鼓聲音，早就從春空裏傳送到了我們的耳邊，並且一條青煙，也剛從寺後的廚房裏透出了屋頂。向寺裏看了一眼，阿千就放下了那捆柴，對我説：

"他們在燒中飯了，大約離吃飯的時候也不很遠，我還是先送你到寺裏去罷！”

我們到了寺裏，祖母和許多同伴者的唸佛婆婆，都張大了眼睛，驚異了起來。阿千走後，她們就開始問我這一次冒險的經過，我也感到了一種得意，將如何出城，如何和阿千上山採集野果的情形，説得格外的詳細。後來坐上桌去吃飯的時候，有一位老婆婆問我：“你大了，打算去做些什麼？”我就毫不遲疑地回答她説：“我願意去砍柴！”

故鄉的茶店酒館，到現在還在風行熱鬧，而這一位茶店酒館裏的小英雄，初次帶我上山去冒險的阿千，卻在一年漲大水的時候，喝醉了酒，淹死了。他們的家族，也一個個地死的死，散的散，現在沒有生存者了；他們的那一座牛欄似的房屋，已經換過了兩三個主人，時間是不饒人的，盛衰起滅也絕對地無常的：阿千之死，同時也帶去了我的夢，我的青春！

三：書塾與學堂

從前我們學英文的時候，中國自己還沒有教科書，用的是一冊英國人編了預備給印度人讀的同納氏文法是一路的讀本。這讀本裏，有一篇説中國人讀書的故事。插畫中畫着一位年老背曲拿煙管帶眼鏡拖辮子的老先生坐在那裏聽學生背書，立在這先生前面背書的，也是一位拖着長辮的小後生。不曉為什麼原因，這一課的故事，給我的印象特別的深，到現在我還約略諳誦得出來。裏面曾説到中國人讀書的奇習，説：“他們無論讀書背書時，總要把身體東搖西掃，搖動得像一個自鳴鐘的擺。”這一種讀書背書時搖擺身體的作用與快樂，大約是沒有在從前的中國書塾裏讀過書的人所永不能瞭解的。

我的初上書塾去唸書的年齡，卻説不清楚了，大約總在七八歲的樣子；只記得有一年冬天的深夜，在燒年紙的時候，我已經有點矇矓想睡了，盡在擦眼睛，打呵欠，忽而門外來了一位提着燈籠的老先生，説是來替我開筆的。我跟着他上了香，對孔子的神位行了三跪九叩之禮；立起來就在香案前面的一張桌

"我夢見有一隻揩擦得很潔淨的船,船上面張着了一面很大很飽滿的白帆,我和祖母、母親、翠花、阿千等都在船上⋯⋯""這一種接連不斷的白日之夢,不知做了多少時候⋯⋯"

快樂的童年。　"由書塾而到學堂！這一個轉變，在當時的我的心裏，比從天上飛到地上，還要來得大而且奇。"

上寫了一張上大人的紅字，唸了四句"人之初，性本善"的《三字經》。第二年的春天，我就夾着綠布書包，拖着紅絲小辮，搖擺着身體，成了那冊英文讀本裏的小學生的樣子了。

經過了三十餘年的歲月，把當時的苦痛，一層層地摩擦乾淨，現在回想起來，這書塾裏的生活，實在是快活得很。因為要早晨坐起一直坐到晚的緣故，可以助消化，健身體的運動，自然只有身體的死勁搖擺與放大喉嚨的高叫了。大小便，是學生們監禁中暫時的解放，故而廁所就變作了樂園。我們同學中間的一位最淘氣的，是學官陳老師的兒子，名叫陳方；書塾就係附設在學宮裏面的。陳方每天早晨，總要大小便十二三次，後來弄得先生沒法，就設下了一支令籤，凡須出塾上廁所的人，一定要持籤而出；於是兩人同去，在廁所裏搗鬼的弊端革去了，但這令籤的爭奪，又成了一般學生們的唯一的娛樂。

陳方比我大四歲，是書塾裏的頭腦；像春香鬧學似的把戲，總是由他發起，由許多蝦兵蟹將來演出的，因而先生的撻伐，也以落在他一個人的頭上者居多。不過同學中間的有幾位狡猾的人，委過於他，使他冤枉被打的事情也着實不少；他明知道辯不清的，每次替人受過之後，總只張大了兩眼，滴落幾滴大淚點，摸摸頭上的痛處就了事。我後來進了當時由書院改建的新式的學堂，而陳方也因他父親的去職而他遷，一直到現在，還不曾和他有第二次見面的機會；這機會大約是永也不會再來了，因為國共分家的當日，在香港彷彿曾聽見人說起過他，說他的那一種慘死的樣子，簡直和杜格納夫所描寫的盧亭，完全是一樣。

由書塾而到學堂！這一個轉變，在當時的我的心裏，比從天上飛到地上，還要來得大而且奇。其中的最奇之處，是我一個人，在全校的學生當中，身體年齡，都屬最小的一點。

當時的學堂，是一般人的崇拜和驚異的目標。將書院的舊考棚撤去了幾排，一間像鳥籠似的中國式洋房造成功的時候，甚至離城有五六十里路遠的鄉

（左）**郁家東客廳。**　郁達夫少年時代常在此與朋友們聊天玩耍。

（右）**郁達夫故居西樓上房。**　1920 年前郁達夫作書房之用，推窗望富春江，景色迷人。郁與孫荃結婚時改為新房，夫婦倆將此樓命名為"夕陽樓"。

鶴山石板路。 "在當時的我的無邪的眼裏,覺得在制服下穿上一雙皮鞋,挺胸伸腳,得得得得地在石板路上走去,就是世界上最光榮的事情……"

下人，都成群結隊，帶了飯包雨傘，走進城來擠看新鮮。在校舍改造成功的半年之中，"洋學堂"的三個字，成了茶店酒館，鄉村城市裏的談話的中心；而穿着奇形怪狀的黑斜紋布制服的學堂生，似乎都是萬能的張天師，人家也在側目而視，自家也在暗鳴得意。

一縣裏唯一的這縣立高等小學堂的堂長，更是了不得的一位大人物，進進出出，用的是藍呢小轎；知縣請客，總少不了他。每月第四個禮拜六下午作文課的時候，縣官若來監課，學生們特別有兩個肉饅頭好吃；有些住在離城十餘里的鄉下的學生，於文課作完後回家的包裹裏，往往將這兩個肉饅頭包得好好，帶回鄉下去送給鄰里尊長，並非想學穎考叔的純孝，卻因為這肉饅頭是學堂裏的東西，而又出於知縣官之所賜，吃了是可以驅邪啟智的。

實際上我的那一班學堂裏的同學，確有幾位是進過學的秀才，年齡都在三十左右；他們穿起制服來，因為背形微駝，樣子有點不大雅觀，但穿了袍子馬褂，搖搖擺擺走回鄉下去的態度，卻另有着一種堂皇嚴肅的威儀。

初進縣立高等小學堂的那一年年底，因為我的平均成績，超出了八十分以上，突然受了堂長和知縣的提拔，令我和四位其他的同學跳過了一班，升入了高兩年的級裏；這一件極平常的事情，在縣城裏居然也聳動了視聽，而在我們的家庭裏，卻引起了一場很不小的風波。

是第二年春天開學的時候了，我們的那位寡母，辛辛苦苦，調集了幾塊大洋的學費書籍費繳進學堂去後，我向她又提出了一個無理的要求，硬要她去為我買一雙皮鞋來穿。在當時的我的無邪的眼裏，覺得在制服下穿上一雙皮鞋，挺胸伸腳，得得得得地在石板路上走去，就是世界上最光榮的事情；跳過了一班，升進了一級的我，非要如此打扮，才能夠壓服許多比我大一半年齡的同學的心。為湊集學費之類，已經羅掘得精光的我那位母親，自然是再也沒有兩塊大洋的餘錢替我去買皮鞋了，不得已就只好老了面皮，帶着了我，上大街上的洋廣貨店裏去賒去；當時的皮鞋，是由上海運來，在洋廣貨店裏寄售的。

一家，兩家，三家，我跟了母親，從下街走起，一直走到了上街盡處的那一家隆興字號。店裏的人，看我們進去，先都非常客氣，摸摸我的頭，一雙一雙的皮鞋拿出來替我試腳；但一聽到了要賒欠的時候，卻同樣地都白了眼，作一臉苦笑，說要去問賬房先生的。而各個賬房先生，又都一樣地板起了臉，放大了喉嚨，說是賒欠不來。到了最後那一家隆興裏，慘遭拒絕賒欠的一瞬間，母親非但漲紅了臉，我看見她的眼睛，也有點紅起來了。不得已只好默默地旋轉了身，走出了店；我也並無言語，跟在她的後面走回家來。到了家裏，她先掀着鼻涕，上樓去了半天；後來終於帶了一大包衣服，走下樓來了，我曉得她是將從後門走出，上當舖去以衣服抵押現錢的；這時候，我心酸極了，哭着喊着，趕上了後門邊把她拖住，就絕命地叫説：

"娘，娘！您別去罷！我不要了，我不要皮鞋穿了！那些店家！那些可惡的店家！"

我拖住了她跪向了地下，她也嗚嗚地放聲哭了起來。兩人的對泣，驚動了四鄰，大家都以為是我得罪了母親，走攏來相勸。我愈聽愈覺得悲哀，母親也愈哭愈是利害，結果還是我重賠了不是，由間壁的大伯伯帶走，走上了他們的家裏。

自從這一次的風波以後，我非但皮鞋不着，就是衣服用具，都不想用新的了。拼命地讀書，拼命地和同學中的貧苦者相往來，對有錢的人，經商的人仇視等，也是從這時候而起的。當時雖還只有十一二歲的我，經了這一番波折，居然有起老成人的樣子來了，直到現在，覺得這一種怪癖的性格，還是改不轉來。

到了我十三歲的那一年冬天，是光緒三十四年，皇帝死了；小小的這富陽縣裏，也來了哀詔，發生了許多議論。熊成基的安徽起義，無知幼弱的溥儀的入嗣，帝室的荒淫、種族的歧異等等，都從幾位看報的教員的口裏，傳入了我們的耳朵。而對於我印象最深的，是一位國文教員拿給我們看的報紙上的一張青年軍官的半身肖像。他說，這一位革命義士，在哈爾濱被捕，在吉林被清廷的大員及漢族的賣國奴等生生地殺掉了；我們要復仇，我們要努力用功。所謂種族，所謂革命，所謂國家等等的概念，到這時候，才隱約地在我腦裏生了一點兒根。

富陽鸛山長廊。　前依富春江，後矗截江而立的鸛山。

四：水樣的春愁

　　洋學堂裏的特殊科目之一，自然是伊利哇拉的英文。現在回想起來，雖不免有點覺得好笑，但在當時，雜在各年長的同學當中，和他們一樣地曲着背，聳着肩，搖擺着身體，用了讀《古文辭類纂》的腔調，高聲朗誦着皮衣啤，皮哀排的精神，卻真是一點兒含糊苟且之處都沒有的。初學會寫字母之後，大家所急於想一試的，是自己的名字的外國寫法；於是教英文的先生，在課餘之暇就又多了一門專為學生拼英文名字的工作。有幾位想走捷徑的同學，並且還去問過先生，外國百家姓和外國三字經有沒有得買的？先生笑着回答說，外國百家姓和三字經，就只有你們在讀的那一本潑剌瑪的時候，同學們於失望之餘，反更是皮哀排，皮衣啤地叫得起勁。當然是不用說的，學英文還沒有到一個禮拜，幾本當教科書用的《十三經注疏》，《御批通鑑輯覽》的黃封面上，大家都各自用墨水筆題上了英文拼的歪斜的名字。又進一步；便是用了異樣的發音，操英文說着"你是一隻狗"，"我是你的父親"之類的話，大家互討便宜的混戰；而實際上，有幾位鄉下的同學，卻已經真的是兩三個小孩子的父親了。

　　因為一班之中，我的年齡算最小，所以自修室裏，當監課的先生走後，另外的同學們在密語着哄笑着的關於男女的問題，我簡直一點兒也感不到興趣。從性知識發育落後的一點上說，我確不得不承認自己是一個最低能的人。又因自小就習於孤獨，困於家境的結果，怕羞的心，畏縮的性，更使我的膽量，變得異常的小。在課堂上，坐在我左邊的一位同學，年紀只比我大了一歲，他家裏有幾位相貌長得和他一樣美的姊妹，並且住得也和學堂很近很近。因此，在校裏，他就是被同學們苦纏得最利害的一個；而禮拜天或假日，他的家裏，就成了同學們的聚集的地方。當課餘之暇，或放假期裏，他原也懇切地邀過我幾次，邀我上他家裏去玩去；但形穢之感，終於把我的嚮往之心壓住，曾有好幾次想決心跟了他上他家去，可是到了他們的門口，卻又同罪犯似的逃了。他以他的美貌，以他的財富和姊妹，不但在學堂裏博得了絕大的聲勢，就是在我們

鸛山亭。 迎江俯瞰，遠處淡雲翠山，近處春江宛如玉帶。

那小小的縣城裏，也贏得了一般的好譽。而尤其使我羨慕的，是他的那一種對同我們是同年輩的異性們的周旋才略，當時我們縣城裏的幾位相貌比較豔麗一點的女性，個個是和他要好的，但他也實在真膽大，真會取巧。

當時同我們是同年輩的女性，裝飾入時，態度豁達，為大家所稱道的，有三個。一個是一位在上海開店、富甲一邑的商人趙某的侄女；她住得和我最近。還有兩個，也是比較富有的中產人家的女兒，在交通不便的當時，已經各跟了她們家裏的親戚，到杭州上海等地方去跑跑了；她們倆，卻都是我那位同學的鄰居。這三個女性的門前，當傍晚的時候，或月明的中夜，老有一個一個的黑影在徘徊；這些黑影的當中，有不少卻是我們的同學。因為每到禮拜一的早晨，沒有上課之先，我老聽見有同學們在操場上笑説在一道，並且時時還高聲地用着英文作了隱語，如"我看見她了！""我聽見她在讀書"之類。而無論在什麼地方於什麼時候的凡關於這一類的談話的中心人物，總是課堂上坐在我的右邊，年齡只比我大一歲的那一位天之驕子。

趙家的那位少女，皮色實在細白不過，臉形是瓜子臉；更因為她家裏有了幾個錢，而又時常上上海她叔父那裏去走動的緣故，衣服式樣的新異，自然可以不必説，就是做衣服的材料之類，也都是當時未開通的我們所不曾見過的。她們家裏，只有一位寡母和一個年輕的女僕，而住的房子卻很大很大。門前是一排柳樹，柳樹下還雜種着些鮮花；對面的一帶紅牆，是學宮的泮水圍牆，泮

池上的大樹，枝葉垂到了牆外，紅綠便映成着一色。當濃春將過，首夏初來的春三四月，腳踏着日光下石砌路上的樹影，手捉着撲面飛舞的楊花，到這一條路上去走走，就是沒有什麼另外的奢望，也很有點像夢裏的遊行，更何況樓頭窗裏，時常會有那一張少女的粉臉出來向你拋一眼兩眼的低眉斜視呢！

此外的兩個女性，相貌更是完整，衣飾也盡夠美麗，並且因為她倆的住址接近，出來總在一道，平時在家，也老在一處，所以膽子也大，認識的人也多。她們在二十餘年前的當時，已經是開放得很，有點像現代的自由女子了，因而上她們家裏去鬼混，或到她們門前去守望的青年，數目特別的多，種類也自然要雜。

我雖則膽量很小，性知識完全沒有，並且也有點過分的矜持，以為成日地和女孩子們混在一道，是讀書人的大恥，是沒出息的行為；但到底還是一個亞當的後裔，喉頭的蘋果，怎麼也吐它不出嚥它不下，同北方厚雪地下的細草萌芽一樣，到得冬來，自然也難免得有些望春之意；老實說將出來，我偶爾在路上遇見她們中間的無論哪一個，或湊巧在她們門前走過一次的時候，心裏也着實有點兒難受。

住在我那同學鄰近的兩位元，因為距離的關係，更因為她們的處世知識比我長進，人生經驗比我老成得多，和我那位同學當然是早已有過糾葛，就是和許多不是學生的青年男子，也各已有了種種的風說，對於我雖像是一種含有毒汁的妖豔的花，誘惑性或許格外

（上、下）**富陽恩波橋。** 三孔聯拱，青石鋪就，建於公元九百年前，長五十七米，寬六米，淨跨度四十九米，兩側望柱上雕刻睡蓮、獅子，線條拙樸，形態各異，古為“春江八景”之一。

的強烈，但明知我自己決不是她們的對手，平時不過於遇見的時候有點難以為情的樣子，此外倒也沒有什麼了不得的思慕，可是那一位趙家的少女，卻整整地惱亂了我兩年的童心。

我和她的住處比較的近，故而三日兩頭，總有着見面的機會。見面的時候，她或許是無心，只同對於其他的同年輩的男孩子打招呼一樣，對我微笑一下，點一點頭，但在我卻感得同犯了大罪被人發覺了的樣子，和她見面一次，馬上要變得頭昏耳熱，胸腔裏的一顆心突突地總有半個鐘頭好跳。因此，我上學去或下課回來，以及平時在家或出外去的時候，總無時無刻不在留心，想避去和她的相見。但遇到了她，等她走過去後，或用功用得很疲乏把眼睛從書本子舉起的一瞬間，心裏又老在盼望，盼望着她再來一次，再上我的眼面前來立着對我微笑一臉。

有時候從家中進出的人的口裏傳來，聽説“她和她母親又上上海去了，不知要什麼時候回來？”我心裏會同時感到一種像釋重負又像失去了什麼似的憂慮，生怕她從此一去，將永久地不回來了。

同芭蕉葉似的重重包裹着的我這一顆無邪的心，不知在什麼地方，透露了消息，終於被課堂上坐在我左邊的那位同學看穿了。一個禮拜六的下午，落課之後，他輕輕地拉着了我的手對我説：“今天下午，趙家的那個小丫頭，要上倩兒家去，你願不願意和我同去一道玩兒？”這裏所説的倩兒，就是那兩位他鄰居的女孩子之中的一個的名字。我聽了他的這一句密語，立時就漲紅了臉，喘急了氣，囁嚅着説不出一句話來回答他，盡在拼命地搖頭，表示我不願意去，同時眼睛裏也水汪汪地想哭出來的樣子；而他卻似乎已經看破了我的隱衷，得着了我的同意似地用強力把我拖出了校門。

到了倩兒她們的門口，當然又是一番爭執，但經他大聲地一喊，門裏的三個女孩，卻同時笑着跑出來了；已經到了她們的面前，我也沒有什麼別的辦法了，自然只好俯着首，紅着臉，同被綁赴刑場的死刑囚似地跟她們到了室內。經我那位同學帶了滑稽的聲調將如何把我拖來的情節説了一遍之後，她們接着就是一陣大笑。我心裏有點氣起來了，以為她們和他在侮辱我，所以於羞愧之

仲夏的天鐘山。　傳說明代開國皇帝朱元璋戰敗時曾逃遁於此，山中綠蔭森森，寒瀑奔騰，遊人絡繹不絕。

上，又加了一層怒意。但是奇怪得很，兩隻腳卻軟起來了，心裏雖在想一溜跑走，而腿神經終於不聽命令。跟她們再到客房裏去坐下，看他們四人捏起了骨牌，我連想跑的心思也早已忘掉，坐將在我那位同學的背後，眼睛雖則時時在注視着牌，但間或得着機會，也着實向她們的臉部偷看了許多次數。等她們的輸贏賭完，一餐東道的夜飯吃過，我也居然和她們伴熟，有説有笑了。臨走的時候，倩兒的母親還派了我一個差使，點了燈籠，要我把趙家的女孩送回家去。自從這一回後，我也居然入了我那同學的夥，不時上趙家和另外的兩女孩家去進出了；可是生來膽小，又加以畢業考試的將次到來，我的和她們的來往，終沒有像我那位同學似的繁密。

正當我十四歲的那一年春天（一九○九，宣統元年己酉），是舊曆正月十

鶴山春竹。　　"兩人相對時的沉醉似的恍惚"，露出"一點極淡極淡，同水一樣的春愁"。

三的晚上，學堂裏於白天給與了我以畢業文憑及增生執照之後，就在大廳上擺起了五桌送別畢業生的酒宴。這一晚的月亮好得很，天氣也溫暖得像二三月的樣子。滿城的爆竹，是在慶祝新年的上燈佳節，我於喝了幾杯酒後，心裏也感到了一種不能抑制的歡欣。出了校門，踏着月亮，我的雙腳，便自然而然地走向了趙家。她們的女僕陪她母親上街去買蠟燭水果等過元宵的物品去了，推門進去，我只見她一個人拖着了一條長長的辮子，坐在大廳上的桌子邊上洋燈底下練習寫字。聽見了我的腳步聲音，她頭也不朝轉來，只曼聲地問了一聲"是誰？"我故意屏着聲，提着腳，輕輕地走上了她的背後，一使勁一口就把她面前的那盞洋燈吹滅了。月光如潮水似地浸滿了這一座朝南的大廳，她於一聲高叫之後，馬上就把頭朝了轉來。我在月光裏看見了她那張大理石似的嫩臉，和

黑水晶似的眼睛，覺得怎麼也熬忍不住了，順勢就伸出了兩隻手去，捏住了她的手臂。兩人的中間，她也不發一語，我也並無一言，她是扭轉了身坐着的，我是向她立着的。她只微笑着看看我看看月亮，我也只微笑着看看她看看中庭的空處，雖然此處的動作，輕薄的邪念，明顯的表示，一點兒也沒有，但不曉怎樣一股滿足，深沉，陶醉的感覺，竟同四周的月光一樣，包滿了我的全身。

兩人這樣的在月光裏沉默着相對，不知過了多久，終於她輕輕地開始說話了："今晚上你在喝酒？""是的，是在學堂裏喝的。"到這裏我才放開了兩手，向她邊上的一張椅子裏坐了下去。"明天你就要上杭州去考中學去麼？"停了一會，她又輕輕地問了一聲。"噯，是的，明朝坐快班船去。"兩人又沉默着，不知坐了幾多時候，忽聽見門外頭她母親和女僕說話的聲音漸漸兒地近了，她於是就忙着立起來擦洋火，點上了洋燈。

她母親進到了廳上，放下了買來的物品，先向我說了些道賀的話，我也告訴了她，明天將離開故鄉到杭州去；談不上半點鐘的閒話，我就匆匆告辭出來了。在柳樹影裏披了月光走回家來，我一邊回味着剛才在月光裏和她兩人相對時的沉醉似的恍惚，一邊在心的底裏，忽兒又感到了一點極淡極淡，同水一樣的春愁。

五：遠一程，再遠一程！

自富陽到杭州，陸路驛程九十里，水道一百里；三十多年前頭，非但汽車路沒有，就是錢塘江裏的小火輪，也是沒有的。那時候到杭州去一趟，鄉下人叫做充軍，以為杭州是和新疆伊犁一樣的遠，非犯下流罪，是可以不去的極邊。因而到杭州去之先，家裏非得供一次祖宗，虔誠禱告一番不可，意思是要祖宗在天之靈，一路上去保護着他們的子孫。而鄰里戚串，也總都來送行，吃過夜飯，大家手提着燈籠，排成一字，沿江送到夜航船停泊的埠頭，齊叫着"順風！順風！"才各回去。搖夜航船的船夫，也必在開船之先，沿江絕叫一陣，說船要開了，然後再上舵梢去燒一堆紙帛，以敬神明，以賂惡鬼。當我去杭州的那一年，交通已經有一點進步了，於夜航船之外，又有了一次日班的快班船。

因為長兄已去日本留學，二兄入了杭州的陸軍小學堂，年假是不放的，祖母母親，又都是女流之故，所以陪我到杭州去考中學的人選，就落到了一位親戚的老秀才的頭上。這一位老秀才的迂腐迷信，實在要令人吃驚，同時也可以令人起敬。他於早餐吃了之後，帶着我先上祖宗堂前頭去點了香燭，行了跪拜，然後再向我祖母母親，作了三個長揖，雖在白天，也點起了一盞仁壽堂郁的燈籠，臨行之際，還回到祖宗堂面前去拔起了三株柄香和燈籠一道捏在手裏。祖母為憂慮着我這一位最小的孫子，也將離鄉別井，遠去杭州之故，三日前就愁眉不展，不大吃飯不大說話了；母親送我們到了門口，"一路要……順風……順風！……"地說了半句未完的話，就跑回到了屋裏去躲藏，因為出遠門是要吉利的，眼淚決不可以教遠行的人看見。

船開了，故鄉的城市山川，高低搖晃着漸漸兒退向了後面；本來是滿懷着希望，興高采烈在船艙裏坐着的我，到了縣城極東面的幾家人家也看不見的時候，鼻子裏忽而起了一陣酸溜。正在和那老秀才談起的作詩的話，也只好突然中止了，為遮掩着自己的脆弱起見，我就從網籃裏拿出了幾冊《古唐詩合解》

來讀。但事不湊巧，信手一翻，恰正翻到了"離家日趨遠，衣帶日趨緩，心思不能言，腸中車輪轉"的幾句古歌，書本上的字迹模糊起來了，雙頰上自然止不住地流下了兩條冷冰冰的眼淚。歪倒了頭，靠住了艙板上的一卷鋪

（上）杭州城內運河。　　"幾個鐘頭的安睡，一頓飽飯的快啖，和船篷外的山水景色的變換，把我滿抱的離愁，洗滌得乾乾淨淨……"

（左）茶道小吃館。

　　蓋，我只能裝作想睡的樣子。但是眼睛不閉倒還好些，等眼睛一閉攏來，腦子裏反而更猛烈地起了狂飆。我想起了祖母母親，當我走後的那一種孤冷的情形；我又想起了在故鄉城裏當這一忽兒的大家的生活起居的樣子，在一種每日習熟的周圍環境之中，卻少了一個"我"了，太陽總依舊在那裏曬着，市街上總依舊是那麼熱鬧的；最後，我還想起了趙家的那個女孩，想起了昨晚上和她在月光裏相對的那一刻的春宵。

　　少年的悲哀，畢竟是易消的春雪；我躺下身體，閉上眼睛，流了許多暗淚之後，弄假成真，果然不久就呼呼地熟睡了過去。等那位老秀才搖我醒來，叫我吃飯的時候，船卻早已過了漁山，就快入錢塘的境界了。幾個鐘頭的安睡，一頓飽飯的快啖，和船篷外的山水景色的變換，把我滿抱的離愁，洗滌得乾乾淨淨；在孕實的風帆下引領遠望着杭州的高山，和老秀才談談將來的日子，我心裏又鼓起了一腔勇進的熱意："杭州在望了，以後就是不可限量的遠大的前程！"

　　當時的中學堂的入學考試，比到現在，着實還要容易；我考的杭府中學，還算是杭州三個中學──其他的兩個，是宗文和安定──之中，最難考的一個，但一篇中文，兩三句英文的翻譯，以及四題數學，只教有兩小時的工夫，就可以繳卷了事的；等待發榜之前的幾日閒暇，自然落得去遊遊山玩玩水，杭州自古是佳麗的名區，而西湖又是可以比得西子的消魂之窟。

　　三十年來，杭州的景物，也大變了；現在回想起來，覺得舊日的杭州，實在比現在，還要可愛得多。

　　那時候，自錢塘門裏起，一直到湧金門內止，城西的一角，是另有一道雉牆圍着的，為滿人留守綠營兵駐防的地方，叫作旗營；平常是不大有人進去，大約門禁總也是很森嚴的無疑，因為將軍以下，千總把總以上，參將，都司，游擊，守備之類的將官，都住在裏頭。遊湖的人，只有坐了轎子，出錢塘門，

（左）嘉興南湖，東升的旭日。

（右）春江金色的晚霞。

或到湧金門外去船的兩條
路；所以湧金門外臨湖的
頤園三雅園的幾家茶館，生意
興隆，座客常常擠滿。而三雅園
的陳設，實在也精雅絕倫，
四時有鮮花的擺設，牆上
門上，各有詠西湖的詩詞
屏幅聯語等貼的貼掛的掛在那
裏。並且還有小吃，像煮空的豆腐
乾，白蓮藕粉等，又是價廉物美的消
閒食品。其次為遊人所必到的，是城

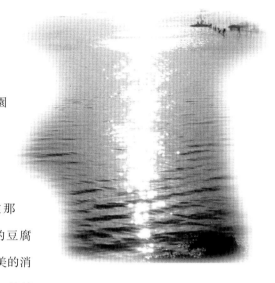

隍山了。四景園的生意，有時候比三雅園還要熱鬧，“城隍山上去吃酥油餅”
這一句俗話，當時是無人不曉得的一句隱語，是說鄉下人上大菜館要做洋盤的
意思。而酥油餅的價錢的貴，味道的好，和吃不飽的幾種特性，也是盡人皆知
的事實。

　　我從鄉下初到杭州，而又同大觀園裏的香菱似的剛在私私地學做詩詞，一
見了這一區假山盆景似的湖山，自然快活極了；日日和那位老秀才及第二位哥
哥喝喝茶，爬爬山，等到榜發之後，要繳學膳費進去的時候，帶來的幾個讀書
資本，卻早已消費了許多，有點不足了。在人地生疏的杭州，借是當然借不到
的；二哥哥的陸軍小學裏每月只有二元也不知三元錢的津貼，自己做零用，還
很勉強，更哪裏有餘錢來為我彌補？

　　在旅館裏唉聲歎氣，自怨自艾，正想廢學回家，另尋出路的時候，恰巧和
同班畢業的三位同學，也從富陽到杭州來了；他們是因為杭府中學難考，並
且費用也貴，預備一道上學膳費比較便宜的嘉興去進府中的。大家會聚攏來一
談一算，覺着我手頭所有的錢，在杭州果然不夠讀半年書，但若上嘉興去，則
連來回的車費也算在內，足可以維持半年而有餘。窮極計生，膽子也放大了，
當日我就決定和他們一道上嘉興去讀書。

第二天早晨，別了哥哥，別了那位老秀才，和同學們一起四個，便上了火車，向東的上離家更遠的嘉興府去。在把杭州已經當作極邊看了的當時，到了言語風習完全不同的嘉興府後，懷鄉之念，自然是更加的迫切。半年之中，當寢室的油燈滅了，或夜膳剛畢，操場上暗沉沉沒有旁的同學在的地方，我一個人真不知流盡了多少的思家的熱淚。

憂能傷人，但憂亦能啟智；在孤獨的悲哀裏沉浸了半年，暑假中重回到故鄉的時候，大家都説我長成得像一個大人了。事實上，因為在學堂裏，被懷鄉的愁思所苦擾，我沒有別的辦法好想，就一味地讀書，一味地作詩。並且這一次自嘉興回來，路過杭州，又住了一日；看看袋裏的錢，也還有一點盈餘，湖山的賞玩，當然不再去空費錢了，從梅花碑的舊書舖裏，我竟買來了一大堆書。

這一大堆書裏，對我的影響最大，使我那一年的暑假期，過得非常快活的，有三部書，一部是黎城靳氏的《吳詩集覽》，因為吳梅村的夫人姓郁，我當時雖則還不十分懂得他的詩的好壞，但一想到他是和我們郁氏有姻戚關係的時候，就莫名其妙地感到了一種親熱。一部是無名氏編的《庚子拳匪始末記》，這一部書，從戊戌政變説起，説到六君子的被害，李蓮英的受寵，聯軍的入京，圓明園的縱火等地方，使我滿肚子激起了義憤。還有一部，是署名曲阜魯陽生孔氏編定的《普天忠憤集》，甲午前後的章奏議論，詩詞賦頌等慷慨激昂的文章，收集得很多；讀了之後，覺得中國還有不少的人才在那裏，亡國大約是不會亡的。而這三部書讀後的一個總感想，是恨我出世得太遲了，前既不能見吳梅村那樣的詩人，和他去做個朋友，後又不曾躬逢着甲午庚子的兩次大難，去衝鋒陷陣地嘗一嘗打仗的滋味。

這一年的暑假過後，嘉興是不想再去了；所以秋期始業的時候，我就仍舊轉入了杭府中學的一年級。

春江秀麗，古木蔥蘢。

六：孤獨者

　　裏外湖的荷葉荷花，已經到了凋落的初期，堤邊的楊柳，影子也淡起來了。幾隻殘蟬，剛在告人以秋至的七月裏的一個下午，我又帶了行李，到了杭州。

　　因為是中途插班進去的學生，所以在宿舍裏，在課堂上，都和同班的老學生們，仿佛是兩個國家的國民。從嘉興府中，轉到了杭州府中，離家的路程，雖則是近了百餘里，但精神上的孤獨，反而更加深了！不得已，我只好把熱情收斂，轉向了內，固守着我自己的壁壘。

當時的學堂裏的課程，英文雖也是重要的科目，但究竟還是舊習難除，中國文依舊是分別等第的最大標準。教國文的那一位桐城派的老將王老先生，於幾次作文之後，對我有點注意起來了，所以進校後將近一個月光景的時候，同學們居然贈了我一個"怪物"的綽號；因為由他們眼裏看來，這一個不善交際，衣裝樸素，說話也不大會說的鄉下蠢才，做起文章來，竟也會得壓倒儕輩，當然是一件非怪物不能的天大的奇事。

杭州終於是一個省會，同學之中，大半是錦衣肉食的鄉宦人家的子弟。因而同班中衣飾美好，肉色細白，舉止嫺雅，談吐溫存的同學，不知道有多少。而最使我驚異的，是每一個這樣的同學，總有一個比他年長一點的同學，附隨在一道的那一種現象。在小學裏，在嘉興府中裏，這一種風氣，並不是說沒有，可是決沒有像當時杭州府中那麼的風行普遍。而有幾個這樣的同學，非但不以被視作女性為可恥，竟也有熏香傅粉，故意在裝腔作怪，賣弄富有的。我

對這一種情形看得真有點氣，向那一批所謂"Faoe"的同學，當然是很明顯地表示了惡感，就是向那些年長一點的同學，也時時露出了敵意；這麼一來，我的"怪物"之名，就愈傳愈廣，我與他們之間的一條牆壁，自然也愈築愈高了。

在學校裏既然成了一個不入夥的孤獨的游離分子，我的情感，我的時間與精力，當然只有鑽向書本子去的一條出路。於是幾個由零用錢裏節省下來的僅少的金錢，就做了我的唯一娛樂積買舊書的源頭活水。

那時候的杭州的舊書舖，都聚集在豐樂橋、梅花碑的兩條直角形的街上。每當星期假日的早晨，我仰臥在床上，計算計算在這一禮拜裏可以省下來的金錢，和能夠買到的

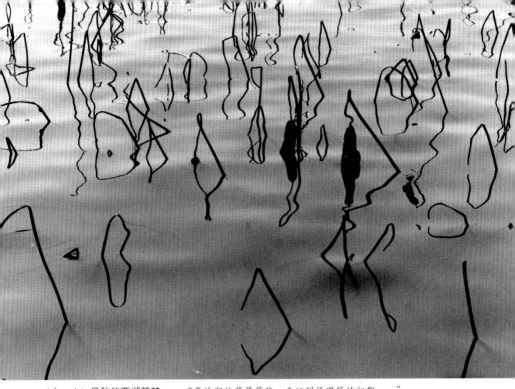

（左、右）早秋的西湖荷花。　"裏外湖的荷葉荷花，已經到了凋落的初期……"

最經濟最有用的冊籍，就先可以得着一種快樂的預感。有時候在書店門前徘徊往復，稽延得久了，趕不上回宿舍來吃午飯，手裏夾了書籍上大街羊湯飯店間壁的小麵館去吃一碗清麵，心裏可以同時感到十分的懊恨與無限的快慰。恨的是一碗清麵的幾個銅子的浪費，快慰的是一邊吃麵一邊翻閱書本時的那一刹那的恍惚；這恍惚之情，大約是和哥倫布當時發見新大陸的時候所感到的一樣。

真正指示我以做詩詞的門徑的，是《留青新集》裏的《滄浪詩話》和《白香詞譜》。《西湖佳話》中的每一篇短篇，起碼我總讀了兩遍以上。以後是流行本的各種傳奇雜劇了，我當時雖則還不能十分欣賞它們的好處，但不知怎麼，讀了之後的那一種矇矓的回味，仿佛是當三春天氣，喝醉了幾十年陳的醇酒。

既與這些書籍發生了曖昧的關係，自然不免要養出些不自然的私生兒子！在嘉興也曾經試過的稚氣滿幅的五七言詩句，接二連三地在一冊紅格子的作文簿上寫滿了；有時候興奮得利害，晚上還妨礙了睡覺。

模仿原是人生的本能，發表慾，也是同吃飯穿衣一樣的強的青年作者內心

（左）盛行於江南一帶走街穿巷的小吃挑，如今已都成了各地特色小吃的固定攤。

（右）烏氈帽、竹涼帽，品種繁多的小手工藝被不少遊客視作饋贈親友的禮品。

的要求。歌不像歌詩不像詩的東西積得多了，第二步自然是向各報館的匿名的投稿。

　　一封信寄出之後，當晚就睡不安穩了，第二天一早起來，就溜到閱報室去看報有沒有送來。早餐上課之類的事情，只能說是一種日常行動的反射作用；舌尖上哪裏還感得出滋味？講堂上更哪裏還有心思去聽講？下課鈴一搖，又只是逃命似地向閱報室的狂奔。

　　第一次的投稿被採用的，記得是一首模仿宋人的五古，報紙是當時的《全浙公報》。當看見了自己綴聯起來的一串文字，被植字工人排印出來的時候，雖然用的是匿名，閱報室裏也決沒有人會知道作者是誰，但心頭正在狂跳着的我的臉上，馬上就變成了朱紅。洪的一聲，耳朵裏也響了起來，頭腦搖晃得像坐在船裏。眼睛也沒有主意了，看了又看，看了又看，雖則從頭至尾，把那一串文字看了好幾遍，但自己還在疑惑，怕這並不是由我投去的稿子。再狂奔出去，上操場去跳繞一圈，回來重新又拿起那張報紙，按住心頭，複看一遍，這才放心，於是乎方始感到了快活，快活得想大叫起來。

當時我用的假名很多很多，直到兩三年後，覺得投稿已經有七八成的把握了，才老老實實地用上了我的真名實姓。大約舊報紙的收藏家，翻起二十幾年前的《全浙公報》、《之江日報》以及上海的《神州日報》來，總還可以看到我當時所作的許多狗屁不通的詩句。現在我非但舊稿無存，就是一聯半句的字眼也想不起來了，與當時的廢寢忘食的熱心情形來一對比，進步當然可以說是進了步，但是老去的頹唐之感，也着實可以催落我幾滴自傷的眼淚。

就在那一年（一九〇九年）的冬天，留學日本的長兄回到了北京，以小京官的名義被派上了法部去行走。入陸軍小學的第二位哥哥，也在這前後畢了業，入了一處隸屬於標統底下的旁系駐防軍隊，而任了排長。

一文一武的這兩位芝麻綠豆官的哥哥，在我們那小小的縣裏，自然也聳動了視聽；但因家裏的經濟，稍稍寬裕了一點的結果，在我的求學程序上，反而促生了一種意外的脫線。

在外面的學堂裏住足了一年，又在各報上登載了幾次詩歌之後，我自以為學問早就超出了和我同時代的同年輩者，覺得按部就班的和他們在一道讀死書，是不上算也是不必要的事情。所以到了宣統二年（一九一〇）的春期始業的時候，我的書桌上竟收集起了一大堆大學、中學招考新生的簡章！比較着，研究着，我真想一口氣就讀完了當時學部所定的大學及中學的學程。

中文呢，自己以為總可以對付得了；科學呢，在前面也曾經說過，為大家所不重視的；算來算去，只有英文是頂重要而也是我所最欠缺的一門。"好！就專門去讀英文罷！英文一通，萬事就好辦了！"這一個幼稚可笑的想頭，就是使我離開了正規的中學，去走教會學堂那一條捷徑的原動力。

清朝末年，杭州的有勢力的教會學校，有英國聖公會和美國長老會浸禮會的幾個系統。而長老會辦的育英書院，剛在山水明秀的江干新建校舍，改稱大學。頭腦簡單，只知道崇拜大學這一個名字的我這毛頭小子，自然是以進大學為最上的光榮，另外更還有什麼奢望哩？但是一進去之後，我的失望，卻比在省立的中學裏讀死書更加大了。

每天早晨，一起床就是禱告，吃飯又是禱告；平時九點到十點是最重要的禮拜儀式，末了又是一篇禱告。《聖經》，是每年級都有的必修重要課目；禮拜天的上午，除出了重病，不能行動者外，誰也要去做半天禮拜。禮拜完後，自然又是禱告，又是查經。這一種信神的強迫，禱告的疊來，以及校內枝節細目的窒塞，想是在清朝末年曾進過教會學校的人，誰都曉得的事實，我在此地落得可以不說。

這種叩頭蟲似的學校生活，過上兩月，一位解放的福音宣傳者，竟從免費讀書的候補牧師中間，揭起叛旗來了；原因是為了校長偏護廚子，竟被廚子毆打了學膳費全納的不信教的學生。

學校風潮的發生、經過和結局，大抵都是一樣的；起始總是全體學生的罷課退校，中間是背盟者的出來復課，結果便是幾個強硬者的開除。不知是幸呢還是不幸，在這一次的風潮裏，我也算是強硬者的一個。

七：大風圈外

人生的變化，往往是從不可測的地方開展開來的；中途從那一所教會學校退出來的我們，按理是應該額上都負着了該隱的烙印，無處再可以容身了啦，可是城裏的一處浸禮會的中學，反把我們當作了義士，以極優待的條件歡迎了我們進去。這一所中學的那位美國校長，非但態度和藹，中懷磊落，並且還有着外國宣教師中間所絕無僅見的一副很聰明的腦筋。若要找出一點他的壞處來，就在他的用人的不當；在他手下做教務長的一位紹興人，簡直是那種奴顏

湖邊茶亭，是遊人賞景歇腿的好地方。

杭州河坊古街上的民族樂器吸引着遊人前往選購。

婢膝，諂事外人，趾高氣揚，壓迫同種的典型的洋狗。

校內的空氣，自然也並不平靜。在自修室，在寢室，議論紛紜，為一般學生所不滿的，當然是那隻洋狗。

"來它一下罷！"

"吃吃狗肉看！"

"頂好先敲他一頓！"

像這樣的各種密議與策略，雖則很多，可是終於也沒有一個敢首先發難的人。滿腔的怨憤，既找不着一條出路，不得已就只好在作文的時候，發些紙上的牢騷。於是各班的文課，不管出的是什麼題目，總是橫一個嗚呼，豎一個嗚呼地悲啼滿紙，有幾位同學的卷子，從頭至尾統共還不滿五六百字，而嗚呼卻要寫着一二百個。那位改國文的老先生，後來也沒法想了，就出了一個禁令，禁止學生，以後不準再讀再做那些嗚呼派的文章。

那時候這一種"嗚呼"的傾向，這一種不平，怨憤，與被壓迫的悲啼，以及人心躍躍山雨欲來的空氣，實在還不只是一個教會學校裏的輿情；學校以外的各層社會，也像是在大浪裏的樓船，從腳到頂，都在顛搖波動着的樣子。

愚昧的朝廷，受了西宮毒婦的陰謀暗算，一面雖想變法自新，一面又不得不利用了符咒刀槍，把紅毛碧眼的鬼子，盡行殺戮。英法各國屢次的進攻，廣東津沽再三的失陷，自然要使受難者的百姓起來爭奪政權。洪楊的起義，兩湖山東捻子的運動，回民苗族的獨立等等，都在暗示着專制政府清廷的命運，孤城落日，總崩潰是必不能避免的下場。

催促被壓迫至二百餘年之久的漢族結束奮起的，是徐錫麟，熊成基諸先烈的犧牲勇猛的行為；北京的幾次對清廷大員的暗殺事件，又是當時熱血沸騰的一般青年們所受到的最大激刺。而當這前後，此絕彼起地在上海發行的幾家報紙，像《民籲》、《民立》之類，更是直接灌輸種族思想，提倡革命行動的有力的號吹。到了宣統二年的秋冬（一九一〇年庚戌），政府雖則在忙着召開資政院，組織內閣，趕制憲法，冀圖挽回頹勢，欺騙百姓，但四海洶洶，革命的氣運，早就成了矢在弦上，不得不發的局面了。

是在這一年的年假放學之前，我對當時的學校教育，實在是真的感到了絕望，於是自己就定下了一個計劃，打算回家去做從心所欲的自修工夫。第一，外界社會的聲氣，不可不通，我所以想去定一份上海發行的日報。第二，家裏所藏的四部舊籍，雖則不多，但也盡夠我的兩三年的翻讀，中學的根底，當然是不會退步的。第三，英文也已經把第三冊文法讀完了，若能刻苦用工，則比在這種教會學校裏受奴隸教育，心裏又氣，進步又慢的半死狀態，總要痛快一點。自己私私決定了這大膽的計劃以後，在放年假的前幾天，也着實去添買了些預備帶回去作自修用的書籍。等年假考一考完，於一天冬晴的午後，向西跟着挑行李的腳夫，走出候潮門上江干去坐夜航船回故鄉去的那一刻的

粽葉編織工藝，為江南一絕。　藝人以蘆葦葉為材料，精心編織成形態各異的飛禽走獸。

（左）龍門古鎮慎修堂百獅廳外景。　該廳完整地保存着明清時代的建築風格，每根簷柱牛腿、前廳月樑及明間樑上均雕以姿態各異、栩栩如生的獅子。

（右）百獅廳牛腿木雕。　刀法嫻熟，歷盡風霜數百年，仍見其工藝水平。

心境，我到現在還不能忘記。

「牢獄變相的你這座教會學校啊！以後你對我還更能加以壓迫麼？」

「我們將比試比試，看將來還是你的成績好，還是我的成績好？」

「被解放了！以後便是憑我自己去努力，自己去奮鬥的遠大的前程！」

這一種喜悅，這一種充滿着希望的喜悅，比我初次上杭州來考中學時所感到的，還要緊張，還要肯定。

在故鄉索居獨學的生活開始了，親戚友屬的非難訕笑，自然也時時使我的決心動搖希望毀滅；但我也已經有十六歲的年紀了，受到了外界的不瞭解我的譏訕之後，當然也要起一種反撥的心理作用。人家若明顯地問我「為什麼不進學堂去讀書？」不管他是好意還是惡意，我總以「家裏再沒有錢供給我去浪費了」的一句話回報他們。有幾個滿懷着十分的好意，勸告我「在家裏閒住着終不是青年的出路」的時候，我總以「現在正在預備，打算下年就去考大學」的一句衷心話來作答。而實際上這將近兩年的獨居苦學，對我的一生，卻是收穫最多，影響最大的一個預備時代。

　　每日侵晨，起床之後，我總面也不洗，就先讀一個鐘頭的外國文。早餐吃過，直到中午為止，是讀中國書的時間，一部《資治通鑑》和兩部《唐宋詩文醇》，就是我當時的課本。下午看一點科學書後，大抵總要出去散一回步。節季已漸漸地進入到了春天，是一九一一宣統辛亥年的春天了，富春江的兩岸，和往年一樣地綠遍了青青的芳草，長滿了嫋嫋的垂楊。梅花落後，接着就是桃李的亂開；我若不沿着江邊，走上城東鶴山上的春江第一樓去坐看江總或上北門外的野田間去閒步，或出西門向近郊的農村天地裏去遊行。

　　附廓的農民的貧窮與無智，經我幾次和他們接談及觀察的結果，使我有好幾晚不能夠安睡。譬如一家有五六口人口，而又有着十畝田的己產，以及一間小小的茅屋的自作農罷，在近郊的農民中間，已經算是很富有的中上人家了。從四五月起，他們先要種秧田，這二分或三分的秧田大抵是要向人家去租來的，因為不是水旱無傷的上田，秧就不能種活。租秧田的費用，多則三五元，少到一二元，卻不能再少了。五六月在烈日之下分秧種稻，即使全家出馬，也還有趕不成同時插種的危險；因為水的關係，氣候的關係，農民的時間，卻也同交易所裏的閒食者們一樣，是一刻也差錯不得的。即使不僱工人，和人家交換做工，而把全部田稻種下之後，三次的耘植與用肥的費用，起碼也要合二三元錢一畝的盤算。尚使天時湊巧，最上的豐年，平均一畝，也只能收到四五石的淨穀；而從這四五石穀裏，除去完糧納稅的錢，除去用肥料租秧田及間或僱用忙工的錢後，省下來還夠得一家五口的一年之食麼？不得已自然只好另外想法，譬如把稻草拿來做草紙，利用田的閒時來種麥種菜種豆類等等，但除稻以外的副作物的報

酬，終竟是有限得很的。

耕地報酬漸減的鐵則，豐年穀賤傷農的事實，農民們自然哪裏會有這樣的知識；可憐的是他們不但不曉得去改良農種，開闢荒地，一年之中，歲時伏臘，還要把他們汗血錢的大部，去花在求神佞佛，與滿足許多可笑的虛榮的高頭。

所以在二十幾年前頭，即使大地主和軍閥的掠奪，還沒有像現在那麼的利害，中國農村是實在早已瀕於破產的絕境了，更哪裏還經得起廿年的內亂，廿年的外患，與廿年的剝削呢？

從這一種鄉村視察的閒步回來，在書桌上躺着候我開拆的，就是每日由上海寄來的日報。忽而英國兵侵入雲南佔領片馬了，忽而東三省疫病流行了，忽而廣州的將軍被刺了；凡見到的消息，又都是無能的政府，因專制昏庸，而釀成的慘劇。

黃花崗七十二烈士的義舉失敗，接着就是四川省鐵路風潮的勃發，在我們那一個一向是沉靜得同古井似的小縣城裏，也顯然地起了動搖。市面上敲着銅鑼，賣朝報的小販，日日從省城裏到來。臉上畫着八字鬍鬚，身上穿着披開的洋服，有點像外國人似的革命黨員的畫像，印在薄薄的有光洋紙之上，滿貼在茶坊酒肆的壁間，幾個日日在茶酒館中過日子的老人，也降低了喉嚨，皺緊了眉頭，低低切切，很嚴重地談論到了國事。

這一年的夏天，在我們的縣裏西北鄉，並且還出了一次青紅幫造反的事情。省裏派了一位旗籍都統，帶了兵馬來殺了幾個客籍農民之後，城裏的街談巷議，更是顛倒錯亂了；不知從哪一處地方傳來的消息，說是每夜四更左右，江上東南面的天空，還出現了一顆光芒拖得很長的掃帚星。我和祖母、母親，發着抖，趕着四更起來，披衣上江邊去看了好幾夜，可是掃帚星卻終於沒有看見。

　　到了陰曆的七八月，四川的鐵路風潮鬧得更兇，那一種謠傳，更來得神秘奇異了，我們的家裏，當然也起了一個波瀾，原因是因為祖母、母親想起了在外面供職的我那兩位哥哥。

　　幾封催他們回來的急信發後，還盼不到他們的復信的到來，八月十八（陰

（左）**山樂堂木雕。**　　足見當年的工藝水平。

（右）**龍門古鎮山樂堂。**　　雕刻之精細、規模之大為江南地區所罕見。

曆十月九日）的晚上，漢口俄租界裏炸彈就爆發了。從此急轉直下，武昌革命軍的義旗一舉，不消旬日，這消息竟同晴天的霹靂一樣，馬上就震動了全國。

報紙上二號大字的某處獨立，擁某人為都督等標題，一日總有幾起；城裏的謠言，更是青黃雜出，有的說"杭州在殺沒有辮子的和尚"，有的說"撫台已經逃了"，弄得一般居民，鄉下人逃上了城裏，城裏人逃往了鄉間。

我也日日地緊張着，日日地渴等着報來；有幾次在秋寒的夜半，一聽見喇叭的聲音，便發着抖穿起衣裳，上後門口去探聽消息，看是不是革命黨到了。而沿江一帶的兵船，也每天看見駛過，洋貨舖裏的五色布匹，無形中銷售出了大半。終於有一天陰寒的下午，從杭州有幾隻張着白旗的船到了，江邊上岸來了幾十個穿灰色制服，荷槍帶彈的兵士。縣城裏的知縣，已於先一日逃走了，報紙上也報着前兩日，上海已為民軍所佔領。商會的巨頭，紳士中的幾個有聲望的，以及殘留着在城裏的一位貳尹，聯合起來出了一張告示，開了一次歡迎那幾十位穿灰色制服的兵士的會，家家戶戶便掛上了五色的國旗，杭城光復，我們的這個直接附屬在杭州府下的小縣城，總算也不遭兵燹，而平平穩穩地脫離了清廷的壓制。

平時老喜歡讀悲歌慷慨的文章，自己捏起筆來，也老是痛苦淋漓，嗚呼滿紙的我這一個熱血青年，在書齋裏只想去衝鋒陷陣，參加戰鬥，為眾捨身，為國效力的我這一個革命志士，際遇着了這樣的機會，

（上）龍門古鎮中心建築——義門。

（左）龍門古鎮百步廳遺址。

卻也終於沒有一點作為，只呆立在大風圈外，捏緊了空拳頭，滴了幾滴悲壯的旁觀者的啞淚而已。

八：海上

　　大暴風雨過後，小波濤的一起一伏，自然要繼續些時。民國元年二月十二，清廷的末代皇帝宣統下了退位之詔，中國的種族革命，總算告了一個段落。百姓剪去了辮髮，皇帝改作了總統。天下騷然，政府惶惑，官制組織，盡行換上了招牌，新興權貴，也都改穿了洋服。為改訂司法制度之故，民國二年（一九一三）的秋天，我那位在北京供職的哥哥，就拜了被派赴日本考察之命，於是我的將來的修學行程，也自然而然的附帶着決定了。

眼看着革命過後，餘波到了小縣城裏所惹起的是是非非，一半也抱了希望，一半卻擁着懷疑，在家裏的小樓上悶過了兩個夏天，到了這一年的秋季，實在再也忍耐不住了，即使沒有我那位哥哥的帶我出去，恐怕也得自己上道，到外邊來尋找出路。

幾陣秋雨一落，殘暑退盡了，在一個晴空浩蕩的九月下旬的早晨，我只帶了幾冊線裝的舊籍，穿了一身半新的夾服，跟着我那位哥哥離開了鄉井。

〔本篇連載於 1934 年 12 月 5 日至 1935 年 7 月 5 日《人間世》第 17、18、19、20、21、23、26、31 期，收入本書時，略有刪節〕

碧海晚霞。 "幾陣秋雨一落，殘暑退盡了，在一個晴空浩蕩
的九月下旬……跟着我那位哥哥離開了鄉井。"

寶石流霞。　寶石山為西湖第一山，山上多怪石，經陽光折射，霞光熠熠。

大約

是午前四五點鐘的樣子，我的過敏的神經忽而顫動了起來。張開了半隻眼，從枕上舉起非常沉重的頭，半醒半覺的向窗外一望，我只見一層灰白色的雲叢，⋯⋯

還鄉記

大約是午前四五點鐘的樣子，我的過敏的神經忽而顫動了起來。張開了半隻眼，從枕上舉起非常沉重的頭，半醒半覺的向窗外一望，我只見一層灰白色的雲叢，密布在微明空際，房裏的角上桌下，還有些暗夜的黑影流蕩着，滿屋沉沉，只充滿了睡聲，窗外也沒有群動的聲息。

"還早哩!"

我的半年來睡眠不足的昏亂的腦經，這樣的忖度了一下，我的有些昏痛的頭顱仍復投上了草枕，睡着了。

第二次醒來，急急地跳出了床，跑到窗前去看跑馬廳的大自鳴鐘的時候，我的心裏忽而起了一陣狂跳。我的模糊的睡眼，雖看不清那大自鳴鐘的時刻，然而我的第六官卻已感得了時間的遲暮，八點鐘的快車大約總趕不到了。

天氣不晴也不雨，天上只浮滿了些不透明的白雲，黃梅時節將過的時候，像這樣的天氣原是很多的。

我一邊跑下樓去匆匆地梳洗，一邊催聽差的起來，問他是什麼時候。因為我的一個鑲金的鋼錶，在東京換了酒吃，一個新買的"愛而近"，去年在北京又被人偷了去，所以現在我只落得和桃花源裏的鄉老一樣，要知道時刻，只能問問外來的捕魚者"今是何世？"

聽說是七點三刻了，我忽而銜了牙刷，莫名其妙地跑上樓跑下樓地跑了幾次，不消說心中是在懊惱的。忙亂了一陣，後來又仔細想了一想，覺得終究是

遠眺雷峰塔。 　"天氣不晴也不雨，天上只浮滿了些不透明的白雲……"

趕不上八點的早車了，我的心倒漸漸地平靜下去。慢慢地洗完了臉，換了衣服，我就叫聽差的去僱了一乘人力車來送我上火車站去。

我的故鄉在富春山中，正當清冷的錢塘江的曲處。車到杭州，還要在清流的江上坐兩點鐘的輪船。這輪船有午前午後兩班，午前八點，午後二點，各有一隻同小孩的玩具似的輪船由江干開往桐廬去的。若在上海乘早車動身，則午後四五點鐘，當午睡初醒的時候，我便可到家，與閨中的兒女相見，但是今天已經是不行了。

不能即日回家，我就不得不在杭州過夜，但是羞澀的阮囊，連買半斤黃酒的餘錢也沒有的我的境遇，教我哪裏能忍此奢侈。我心裏又發起惱來了。可惡的我的朋友，你們既知道我今天早晨要走，昨夜就不該談到這樣的時候才回去的。可惡的是我自己，我已決定於今天早晨走，就不該拉住了他們談那些無聊

的閒話的。這些也不知是從哪裏來的話？這些話也不知有什麼興趣？但是我們幾個人愁眉蹙額地聚首的時候，起先總是默默，後來一句兩句，話題一開，便倦也忘了，愁也丟了，眼睛就放起怖人的光來，有時高笑，有時痛哭，講來講去，去歲今年，總還是這幾句話：

"世界真是奇怪，像這樣輕薄的人，也居然能成中國的偶像的。"

"正唯其輕薄，所以能享盛名。"

"他的著作是什麼東西呀！連抄人家的著書還要抄錯！"

"唉唉！"

"還有××呢！比××更卑鄙，更不通，而他享的名譽反而更大！"

"今天在車上看見那個猶太女子真好哩！"

"她的屁股正大得愛人。"

"她的臂膊！"

"啊啊！"

"恩斯來的那本彭思生里參拜記，你唸到什麼地方了？"

"三個東部的野人，

三個方正的男子，

他們起了崇高的心願，

想去看看什，瀉，奧夫，歐耳。"

"你真記得牢！"

像這樣的毫無系統，漫無頭緒的談話，我們不談則已，一談起頭，非要談到愧儡消盡，悲憤洩完的時候不止。唉，可憐有識無產者，這些清淡，這些不平，與你們的脆弱的身體，高亢的精神者，究有何補？罷了罷了，還是回頭到正路上去，理點生產罷！

昨天晚上有幾位朋友，也在我這裏，談了些這樣的閒話，我入睡遲了，所以弄得今天趕車不及，不得不在西子湖邊，住宿一宵，我坐在人力車上，孤冷冷地看着上海的清淡的早市，心裏只在怨恨朋友，要使我多破費幾個旅費。

（上、下）荷香飄溢的西子湖。　　湖山相依，婉約秀逸，朝夕晨昏，景色各不相一。

二

　　人力車到了北站，站上人物蕭條。大約是正在快車開出之後，慢車未發之先，所以現出這沉靜的狀態。我得了閒空，心裏倒生出了一點餘裕來，就在北站構內，閒走了一回。因為我此番歸去，本來想去看看故鄉的景狀，能不能容我這零餘者回家高臥的，所以我所帶的，只有兩袖清風，一隻空袋，和填在鞋底裏的幾張鈔票——這是我的脾氣，有錢的時候，老把它們填在鞋子底裏。一則可以防止扒手，二則因為我受足了金錢迫害，藉此也可以滿足滿足我對金錢復仇的心思，有時候我真有用了全身的氣力，拼死蹂躪它們的舉動——而已，身邊沒有行李，在車站上跑來跑去是非常自由的。

　　天上的同棉花似的浮雲，一塊一塊地消散開來，有幾處竟現出青蒼的笑靨來了。灰黃無力的陽光，也有幾處看得出來。雖有霏微的海風，一陣陣夾了灰

土煤煙，吹到這灰色的車站中間，但是伏天的暑熱，已悄悄地在人的腋下腰間送信來了。"啊啊！三伏的暑熱，你們不要來纏擾我這消瘦的行路病者！你們且上富家的深閨裏去，鑽到那些豐肥紅白的腿間乳下去，把她們的香液蒸發些出來罷！我只有這一件半舊的夏布長衫，若被汗水污了，明天就沒得更換的呀！"這是我想對暑熱央告的話頭。

在車站上踏來踏去地走了幾遍，站上的行人，漸漸地多起來了。男的女的，行者送者，面上都堆着滿貯希望的形容，在那裏左旋右轉。但是我——單只是我個人——也無朋友親戚來送我的行，更無愛人女弟，來作我的伴，我的脆弱的心中，又無端地起了萬千的哀感：

"論才論貌，在中國的二萬萬男子中間，我也不一定說是最下流的人，何以我會變成這樣的孤苦的呢！我前世犯了什麼罪來？我生在什麼星的底下？我難道真沒有享受快樂的資格的麼？我不能信的，我不能信的。"

這樣的一想，我就跑上車站的旁邊入口處去，好像是看見了我認識的一位美妙的女郎來送我回家的樣子。我走到門口，果真見了幾個穿時樣的白衣裙的女

杭州車站。　　"雖有霏微的海風，一陣陣夾了灰土煤煙，吹到這灰色的車站中間……。

子，剛從人力車下來。其中有一個十七八歲的，戴白色運動軟帽的女學生，手裏提了三個很重的小皮篋，走近了我的身邊。我不知不覺地伸出了一隻手去，想為她代拿一個皮篋，她站住了腳，放開了黑晶晶的兩隻大眼很詫異地對我看了一眼。

　　"啊啊！我錯了，我昏了，好妹妹，請你不要動怒，我不是壞人，我不是車站上的小竊，不過我的想像力太強，我把你當作了我的想像中的人物，所以得罪了你。恕我恕我，對不起，對不起，你的兩眼的責罰，是我所甘受的，你即用了你柔軟的小手，批我一頰，我也是甘受的，我錯了，我昏了。"

　　我被她的兩眼一看，就同將睡的人受了電擊一樣，立時漲紅了臉，發出了

一身冷汗，心裏這樣的作了一遍謝罪之辭，縮回了手，低下了頭，就匆匆地逃走了。

啊啊！這不是衣錦的還鄉，這不是羅皮康（Rubicon）的南渡，有誰來送我的行，有誰來作我的伴呢！我的空想也未免太不自量了，我避開了那個女學生，逃到了車站大門口的邊上人叢中躲藏的時候，心裏還在跳躍不住。凝神屏氣的立了一會，向四邊偷看了幾眼，一種不可捉摸的感情，籠罩上我的全身，我就不得不把我的夏布長衫的小襟拖上面去了。

三

我平生感到幸福的時間，總不能長久。一時覺得非常滿足之後，其後必有絕大的悲懷相繼而起。我站在車台上，正在快樂的時候，忽而在萬綠叢中看見了一幅美滿的家庭團敘之圖，一個年約三十一二的壯健的農夫，兩手擎了一個周歲的小孩，在桑樹影下笑樂，一個穿青布衫的與農夫年紀相仿的農婦，笑微微地站在旁邊守着他們。在他們上面曬着的陽光樹影，更把他們的美滿的意情表現得分外明顯。地上攤着一隻飯籮，一瓶茶，幾隻菜飯碗，這一定是那農婦送來饗她男人的田頭食品。啊啊，桑間陌上，夫唱婦隨，更有你兩個愛情的結晶，在中間作姻緣的締帶，你們是何等幸福呀！然而我呢！啊啊我啊？我是一個有妻不能愛，有子不能撫的無能力者，在人生戰鬥場上的慘敗者，現在是在逃亡的途中的行路病者，啊！農夫啊農夫，願你與你的女人和好終身，願你的小孩聰明強健，願你的田穀豐多，願你幸福！你們的災殃，你們的不幸，全交給了我，凡地上一切的苦惱，悲哀，患難，索性由我一人負擔了去罷！

我心裏雖這樣的在替他祝福，我的眼淚卻連連續續地落了下來。半年以來，因為失業的原因，在上海流離的苦處，我想起來了。三個月前頭，我的女

西湖曲院風荷亭。　　鴨子嬉水，荷葉搖曳。

人和小孩，孤苦零仃地由這條鐵路上經過，蕭蕭索索地回家去的情狀，我也想出來了。啊啊，農家夫婦的幸福，讀書階級的飄零！我女人經過的悲哀的足迹，現在更由我在一步步地踐踏過去！若是有情，怎得不哭呢！

四圍的景色，忽而變了，一刻前那樣豐潤華麗的自然的美景，都好像在那裏嘲笑我的樣子：

"你回來了麼？你在外國住了十幾年，學了些什麼回來？你的能力怎麼不拿些出來讓我們看看？現在你有養老婆兒子的本領麼？哈哈！你讀書學術，到頭來還是歸到鄉間去齧你祖宗的積聚！"

我俯首看看飛行的車輪，看看車輪下的兩條白閃閃的鐵軌和枕木卵石，忽而感得了一種強烈的死的誘惑。我的兩腳抖了起來，踉蹌前進了幾步，又呆呆地俯視了一忽，兩手捏住了鐵欄，我閉着眼睛，咬緊牙齒，在腳尖上用了一道死力，便把身體輕輕地抬跳起來了。

四

啊啊，死的勝利啊！我當時若志氣堅強一點，早就脫離了這煩惱悲苦的世界，此刻好坐在天神Beatrice的腳下拈花作微笑了。但是我那一跳，氣力沒有用足。我打開眼睛來看時，大地高天，稻田草地，依舊在火車的四周馳聘，車輪的輾聲，依舊在我的耳裏雷鳴，我的身體卻坐在欄杆的上面，絕似病了的鸚鵡，被鎖住在鐵條上待斃的樣子。我看看兩旁的美景，覺得半點鐘以前的稱頌自然美的心境，怎麼也回復不過來。我以淚眼與硤石的靈山相對，覺得硤西公園後石山上在太陽光下遊玩的幾個男女青年，都是擠我出世界外去的魔鬼。車到了臨平，我再也不能細賞那荷花世界柳絲鄉的風味。我只覺得青翠的臨平山，將要變成我的埋骨之鄉。筧橋過了，艮山門過了。靈秀的寶俶山，奇兀的北高峰，清泰門外貫流着的清淺的溪流，溪流上搖映着的蕭疏的楊柳，野田中交叉的窄路，窄路上的行人，前朝的最大遺物，參差婉繞的城牆，都不能喚起我的興致來。車到了杭州城站，我只同死刑犯上刑場似的下了月台。一出站

西湖品茶區一角。 坐落在雙峰村品茶區，建有茶園和茶葉博物館。涉足茶園，可一睹品種各異的茶樹；歇腿茅屋，有遠離喧囂，反璞歸真之感。

內，在青天皎日的底下，看看我兒時所習見的紅牆旅舍，酒館茶樓，和年輕氣銳的生長在都會中的妙年人士，我心裏只是怦怦地亂跳，仰不起頭來。這種幻滅的心理，若硬要把它寫出來的時候，我只好用一個譬喻。譬如當青春的年少，我遇着了一位絕世的佳人，她對我本是初戀，我對她也是第一次的破題兒。兩人相攜相挽，同睡同行，春花秋月的過了幾十個良宵。後來我的金錢用盡，女人也另外有了心愛的人兒，她就學了樊素，同春去了。我只得和悲哀孤獨，貧困惱羞，結成伴侶。幾年在各地流浪之餘，我年紀也大了，身體也衰了，披了一身破襤的衣服，仍復回到當時我兩人並肩攜手的故地來。山川草木，星月雲霓，仍不改其美麗。我獨坐湖濱，正在臨流自吊的時候，忽在水面看見了那棄我而去的她的影像。她容貌同幾年前一樣的嬌柔，衣服同幾年前一樣的華麗，項下掛着的一串珍珠，比從前更加添了一層光彩，額上戴着的一圈瑪瑙，比曩時更紅豔得多了。且更有難堪者，回頭來一看，看見了一位文秀閒雅的美少年，站在她的背後，用了兩手在那裏摸弄她的腰背。

啊啊！這一種譬喻，值得什麼？我當時一下車站，對杭州的天地感得的那一種羞慚懊喪，若以言語可以形容的時候，我當時的夏布衫袖，就不會被淚汗濕透了，因為說得出譬喻得出的悲懷，還不是世上最傷心的事情呀。我慢慢俯了首，離開了剛下車的人群與爭攬客人的車夫和旅館的招待者，獨行踽踽地進了一家旅館，我的心裏好像有千斤重的一塊鉛石錘在那裏的樣子。

開了一個單房間，洗了一下手臉，茶房拿了一張紙來，要我填寫姓名年歲籍貫職業。我對他呆呆地看了一忽，他好像是疑我不曾出過門，不懂這規矩的樣子，所以又仔仔細細地解說了一遍。啊啊，我哪裏是不懂規矩，我實在是沒有寫的勇氣喲，我的無名的姓氏，我的故鄉的籍貫，我的職業！啊啊！叫我寫出什麼來？

被他催迫不過，我就提起筆來寫了一個假名，填上了異鄉人的三字，在職業欄下寫了一個無字。不知不覺我的眼淚竟噗嗒噗嗒地滴了兩滴在那張紙上。茶房也看得奇怪，向紙上看了一看，又問我說：

"先生府上是哪裏，請你寫上了罷，職業也要寫的。"

寶俶塔。 高四十五點三米，聳立在西湖北面的寶石山上。公元九百六十八年吳越王錢俶的母舅所建，造型挺秀，有"保俶似美人"之稱。

我沒有辦法，就把異鄉人三字圈了，寫下朝鮮兩字，在職業之下也圈了一圈，填了"浮浪"兩字進去。茶房出去之後，我就關上了房門，倒在床上盡情地暗泣起來了。

五

伏在床上暗泣了一陣，半日來旅行的疲倦，征服了我的心身。在矇矓半覺的中間，我聽見了幾聲咯咯叩門聲。糊糊塗塗地起來開了門，我看見祖母，不言不語地站在門外。天色好像晚了，房裏只是灰黑得辨不清方向。但是奇怪得很，在這灰黑的空氣裏，祖母面上的表情，我卻看得清清楚楚。這表情不是悲哀，當然也不是愉樂，只是一種壓人的莊嚴的沉默。我們默默地對坐了幾分鐘，她才移動了那縐紋很多的嘴說：

"達！你太難了，你何以要這樣的孤潔呢！你看看窗外看！"

我向她指着的方向一望，只見窗下街上黑暗嘈雜的人叢裏有兩個大火把在那裏燃燒，再仔細一看，火把中間坐着一位木偶。但是奇極怪極，這木偶的面貌，竟完全與我的一個朋友面貌一樣。依這情景看來，大約是賽會了，我回轉頭來正想和祖母說話，房內的電燈拍的響了一聲，放起光來了，茶房站在我的床前，問我晚飯如何？我只呆呆的不答，因為祖母是今年二月裏剛死的，我正在追想夢裏的音容，哪裏還有心思回茶房的話哩？

遣茶房走了，我洗了一個面，

黃包車。　"我慢慢俯了首，離開了剛下車的人群與爭攬客人的車夫和旅館的招待者，獨行踽踽地進了一家旅館……"

竊竊私語的西湖少女。

就默默的走出旅館來。夕陽的殘照，在路旁的層樓屋脊上還看得出來。店頭的燈火，也星星地上了。日暮的空氣，帶着微涼，拂上面來。我在羊市街頭走了幾轉，穿過車站的庭前，踏上清泰門前的草地上去。沉靜的這杭州故郡，自我去國以來，也受了不少的文明的侵害，各處的舊迹，一天一天被拆毀了。我走到清泰門前，就起了一種懷古之情，走上將拆而猶在的城樓上去。城外一帶楊柳桑樹上的鳴蟬，叫得可憐。它們的哀吟，一聲聲沁入了我的心脾，我如同海上的浮屍，把我的情感，全部付託了蟬聲，盡做夢似的站在叢殘的城堞上看那西北的浮雲和暮天的急情，一種淡淡的悲哀，把我的全身溶化了。這時候若有幾聲古寺的鐘聲，當當的一下一下，或緩或徐的飛傳過來，怕我就要不自覺地從城牆上跳入城濠，把我靈魂和入晚煙之中，去籠罩着這故都的城市。然而南屏還遠，Curfew今晚上不會鳴了。我獨自一個冷清清地立了許久，看西天只剩了一線紅雲，把日暮的悲哀嘗了個飽滿，才慢慢地走下城來。這時候天已黑了，我下城來在路上的亂石上鈎了幾腳，心裏倒起了一種莫名其妙的恐怖。我想想白天在火車上謀自殺的心思和此時的恐怖心一比，就不覺微笑起來，啊啊，自負為靈長的兩足動物喲，你的感情思想，原只是矛盾的連續呀！說什麼理性？講什麼哲學？

走下了城，踏上清冷的長街，暮色已經瀰漫在市上了。各家的稀淡的燈光，比數刻前增加了一倍勢力。清泰門直街上的行人的影子，一個一個從散射在街上的電燈光裏閃過，現出一種日暮的情調來。天氣雖還不曾大熱，然而有幾家卻早把小桌子擺在門前，露天的在那裏吃飯了。我真成了一個孤獨的異鄉人，光了兩眼，盡在這日暮的長街上行行前進。

我在杭州並非沒有朋友，但是他們或當科長，或任參謀，現在正是非常得意的時候，我若飄然去會，怕我自家的心裏比他們見我之後憎嫌我的心思更要難受。我在滬上，半年來已經飽受了這種冷眼，到了現在，萬一家裏容我，便可回家永住，萬一情狀不佳，便擬自決的時候，我再也犯不着討這些沒趣了。我一邊默想，一邊看看兩旁的店家在電燈下圍桌晚餐的景象，不知不覺兩腳便走入了石牌樓的某中學所在的地方。啊啊，桑田滄海的杭州，旗營改變了，湖

西湖曲院風荷。　一派 "荷花世界柳絲鄉的風味"。

碧波潋灩的西湖。 杭州西湖的自然景觀與四周的人文景觀巧妙結合，湖光水色相映成趣，恰如一座東方藝術風格的巨型山水盆景。

濱添了些邪惡的中西人的別墅，但是這一條街，只有這一條街，依舊清清冷冷，和十幾年前我初到杭州考中學的時候一樣。物質文明的幸福，些微也享受不着，現代經濟組織的流毒，卻受得很多的我，到了這條黑暗的街上，好像是已經回到了故鄉的樣子，心裏忽感得了一種安泰，大約是興致來了，我就踏進了一家巷口的小酒店裏去買醉去。

六

在灰黑的電燈底下，面朝了街心，靠着一張粗黑的桌子，坐下喝了幾杯高梁，我終覺得醉不成功。我的頭腦，愈喝酒愈加明晰，對於我現在的境遇反而愈加自覺起來了。我放下酒杯，兩手托着了頭，呆呆地向灰暗的空中凝視了一會，忽而有一種沉鬱的哀音夾在黑暗的空氣裏，漸漸地從遠處傳了過來。這哀音有使人一步一步在感情中沉沒下去的魔力，這本來也就是中國管弦樂的特色。過了幾分鐘，這哀音的發動者漸漸地走近我的身邊，我才辨出了一種胡琴與碰擊瓷器的諧音來。啊啊！你們原來是流浪的音樂家，在這半開化的杭州城裏想賣藝餬口的可憐蟲！

他們二三人的瘦長的清影，和後面跟着看的幾個小孩，在酒館前頭掠過了。那一種悽楚的諧音，也一步一步地幽咽了，聽不見了。我心裏忽起了一種絕大的渴念，想追上他們，去飽嘗一回哀音的美味。付清了酒賬，我就走出店來，在黑暗中追趕上去。但是他們的幾個人，不知走上了什麼方向，我拼死地追尋，終究尋他們不着。唉，這曇花的一現，難道是我的幻覺麼？難道是上帝顯示給我的未來的預言麼？但是那悠揚沉鬱的弦音和瓷盤碰擊的聲響，還繚繞在我的心中。我在行人稀少的黑暗的街上東奔西走的追尋了一會，沒有方法，就從豐樂橋直街走到西湖的邊上。

湖上沒有月華，湖濱的幾家茶樓旅館，也只有幾點清冷的電燈，在那裏放淡薄的微光，寬闊的馬路上，行人也寥落得很。我橫過了湖塍馬路，在湖

（左）糖塑藝術，在二十一世紀的今天已瀕臨失傳。

（右）流動的民間樂器展銷。

西湖小瀛洲。　　石橋曲折，亭台相間，是一個湖中有湖，島中有島的仙境。

邊上立了許久。湖的三面，只有沉沉的山影，山腰山腳的別莊裏，有幾點微明的燈火，要靜看才看得出來。幾顆淡淡的星光，倒映在湖裏，微風吹來，湖裏起了幾聲豁豁的浪聲。四邊靜極了。我把一支吸盡的紙煙頭丟入湖裏，啾的響了一聲，紙煙的火就熄了。我被這一種靜寂的空氣壓迫不過，就放大了喉嚨，對湖心嗅嗅的發了一聲長嘯，我的胸中覺得舒暢了許多。沿湖邊向西走了一段，我忽在樹蔭下椅子上，發見了一對青年男女。他和她的態度太無忌憚了，我心裏忽起了一種不快之感，把剛才長嘯之後的暢懷消盡了。

　　啊啊！青年的男女喲！享受青春，原是你們的特權，也是我平時的主張。但是但是他們在不幸的孤獨者前頭，總應該謙遜一點，方能完全你們的愛情的美處。你們且牢牢記着罷！對了貧兒，切不要把你們的珍珠寶物顯給他看，因為貧兒看了，愈要覺得他自家貧困的呀！

　　我從人家睡盡的街上，走回城站附近的旅館裏來的時候，已經是深夜了。解衣上床，躺了一會，終覺得睡不着。我就點上一支紙煙，一邊吸着，一邊在看帳頂。在沉悶的旅舍夜半的空氣裏，我忽而聽見一陣清脆的女人聲音，和門外的茶房，在那裏說話。

"來哉來哉！咦喲，等得諾（你）半業（日）嗒哉！"這是輕佻的茶房的聲音。

"是哪一位叫的？"

啊啊！這一定是土娼了！

"仰（念）三號裏！"

"你同我去呵！"

"嗅喲，根（今）朝諾（你）個（的）面孔真白嗒！"

茶房領了她從我門口走過，開入到間壁唸三號房裏去。

"好哉，好哉！活菩薩來哉！"

茶房領到之後，就關上門走下樓去了。

"請坐。"

"不要客氣！先生府上是哪裏？"

"阿拉（我）寧波。"

"是到杭州來耍子的麼？"

"來宵（燒）香個。"

"一個人麼？"

"阿拉邑個寧（人）。京（今）教（朝）體（天）氣軋業（熱），查拉（為什麼）勿赤膊？"

"舍話語！"

"諾（你）勿脫，阿拉要不（替）諾脫哉。"

"不要動手，不要動手！"

"回（還）樸（怕）倒霉索啦？"

"不要動手，不要動手！我自家來解罷。"

荷塘嬉水。

杭州丁家花園。　典型的江南園林式私家花園。原係宋代石榴園遺址，清乾隆年間為山東鹽運使丁階所得，後為近代民主革命活動家陳其采（陳英士的胞弟）在杭任職時的居處。

"阿拉要摸一摸！"

吃吃的竊笑聲，床壁的震動聲。

啊啊！本來是神經衰弱的我，即在極安靜的地方，尚且有時睡不着覺，哪裏還經得起這樣淫蕩的吵鬧呢！北京的浙江大老諸君呀，聽説杭州有人倡設公娼的時候，你們竭力地反對，你們難道還不曉得你們的子女姊妹在幹這種營業，而在擾亂極貧苦的旅人的麼？盤踞在當道，只知敲剝百姓的浙江的長官呀！你們若只知聚斂，不知濟貧，怕你們的妻妾，也要為快樂的原因，學她們的妙技了。唉唉！邑有流亡愧俸錢，你們曾聽人説過這句詩否！

七

我睡在床上，被間壁的淫聲挑撥得不能合眼，沒有方法，只能起來上街去閑步。這時候大約是後半夜的一二點鐘的樣子，上海的夜車早已到着，羊市街福綠巷的旅店，都已關門睡了。街上除了幾乘散亂停住的人力車外，只有幾個敝衣兇貌的罪惡的子孫在灰色的空氣裏闊步。我一邊走一邊想起了留學時代在異國的首都裏每晚每晚的夜行，把當時的情狀與現在在這中國的死滅的都會裏這樣的流離的狀態一對照，覺得我的青春，我的希望，我的生活，都已成了過去的雲煙，現在的我和將來的我只剩得極微細的一些兒現實味，我覺得自家實際上已經成了一個幽靈了。我用手向身上摸了一摸，覺得指頭觸着了一種極粗的夏布材料，又向臉上用了力摘了一把，神經感得了一種痛苦。

"還好還好，我還活在這裏，我還不是幽靈，我還有知覺哩！"

這樣的一想，我立時把一刻前的思想打消，卻好腳也正走到了拐角頭的一家飯館前了。在四鄰已經睡寂的這深更夜半，只有這一家店同睡相不好的人的嘴似的空空洞洞的還開在那裏。我晚上不曾吃過什麼，一見了這家店裏的鍋子爐灶，便覺得飢餓起來，所以就馬上踏了進去。

喝了半斤黃酒，吃了一碗麵，到付錢的時候，我又痛悔起來了。我從上海出發的時候，本來只有五元錢的兩張鈔票。坐二等車已經是不該的了，況又在車上大吃了一場。此時除付過了酒麵錢外，只剩得 ‧元幾角餘錢，明天付過旅館宿費，付過早飯賬，付過從城站到江幹的黃包車錢，哪裏還有錢購買輪船票呢？我急得沒有方法，就在靜寂黑暗的街巷裏亂跑了一陣，我的身體，不知不覺又被兩腳搬到了西湖邊上。湖上的靜默的空氣，比前半夜，更增加了一層神秘的嚴肅。遊戲場也已經散了，馬路上除了拐角頭邊上的沒有看見車夫的幾乘人力車外，生動的物事一個也沒有。我走上了環湖馬路，在一家往時也曾投宿

雅致秀麗的文瀾閣。 位於西湖孤山之麓，始建於清代乾隆四十七年，以專貯《四庫全書》而名揚四海。

過的大旅館的窗下立了許久。看看四邊沒有人影，我心裏忽然來了一種惡魔的誘惑。

"破窗進去罷，去撮取幾個錢來罷！"

我用了心裏的手，把那扇半掩的窗門輕輕地推開，把窗門外的鐵杆，細心地拆去了二三枝，從牆上一踏，我就進了那間屋子。我的心眼，看見床前白帳子下擺着一雙白花緞的女鞋，衣架上掛着一件纖巧的白華絲紗衫，和一條黑紗裙。我把洗面台的抽斗輕輕抽開，裏邊在一個小小兒的粉盒和一把白象牙骨摺扇的旁邊，橫躺着一個沿口有光亮的鑽珠綻着的女人用的口袋。我向床上看了幾次，便把那口袋拿了，走到窗前，心裏起了一種憐惜羞悔的心思，又走回去，把口袋放歸原處。站了一忽，看看那狹長的女鞋，心裏忽又起了一種異

想，就伏倒去把一隻鞋子拿在手裏。我把這雙女鞋聞了一回，玩了一回，最後又起了一種慘忍的決心，索性把口袋鞋子一齊拿了，跳出窗來。我幻想到了這裏，忽然回復了我的意識，面上就立時變得緋紅，額上也鑽出了許多珠汗。我眼睛眩暈了一陣，我就急急地跑回城站的旅館來了。

八

奔回到旅館裏，打開了門，在床上靜靜地躺了一忽，我的興奮，漸漸地鎮靜了下去。間壁的兩位幸福者也好像各已倦了，只有幾聲短促的鼾聲和時時從半睡狀態裏漏出來的一聲二聲的低幽的夢話，擊動我的耳膜。我經了這一番心裏的冒險，神經也已倦竭，不多一會，兩隻眼包皮就也沉沉的蓋下來了。

一睡醒來，我沒有下床，便放大了喉嚨，高叫茶房，問他是什麼時候。

"十點鐘哉，鮮散（先生）！"

啊啊！我記得接到我祖母的病電的時候，心裏還沒有聽見這一句回話時的惱亂！即趁早班輪船回去，我的經濟，已難應付，那裏還禁得在杭州再留半日呢？況且下午二點鐘開的輪船是快班，價錢比早班要貴一倍。我沒有方法，把腳在床上蹬踢了一回，只得悻悻地起來洗面。用了許多憤激之辭，對茶房發了一回脾氣，我就付了宿費，出了旅館從羊市街慢慢地走出城來。這時候我所有的財產全部，除了一個瘦黃的身體之外，就是一件半舊的夏布長衫，一套白洋紗的小衫褲，一雙線襪，兩隻半破的白皮鞋和八角小洋。

太陽已經升上了中天，光線直射在我的背上。大約是因為我的身體不好，走不上半里路，全身的黏汗竟流得比平時更多一倍。我看看街上的行人，和兩旁的住屋中的男女，覺得他們都很滿足的在那裏享樂他們的生活，好像不曉得憂愁是何物的樣子。背後忽而起了一陣鈴響，來了一乘包車，車夫向我罵了幾句，跑過去了，我只看見了一個坐在車上穿白紗長衫的少年紳士的背形，和車夫的在那裏跑的兩隻光腿。我慢慢的走了一段，背後又起了一陣車夫的威脅聲，我讓開了路，回轉頭來一看，看見了三部人力車，載着三個很純樸的女學生，兩腿中間各夾着些白皮箱鋪蓋之類，在那裏向我衝來。她們大約是放了暑假趕回家去的。我此時心裏起了一種悲憤，把平時祝福善人的心地忘了，卻用了憎惡的眼睛，狠狠地對那些威脅我的人力車夫看了幾眼。啊啊，我外面的態度雖則如此兇惡，但一邊心裏我卻在原諒你們的呀！

"你們這些可憐的走獸，可憐你們平時也和我一樣，不能和那些年輕的女性接觸。這也難怪你們的，難怪你們這樣的亂衝，這樣的興高采烈的。這幾個女性的身體豈不是載在你們的車上的麼？她們的白嫩的肉體上豈不是有一種電氣傳到你們的身上來的麼？雖則原因不同，動機卑微，但是你們的汗，豈不也是為了這幾個女性的肉體而流的麼？啊啊，我若有氣力，也願跟了你們去典一乘車來，專拉拉這樣的如花少女。我更願意拼死地馳驅，消盡我的精力。我更願意不受她們半分的物質上的報酬金。"

走出了鳳山門，站住了腳，默默地回頭來看了一眼，我的眼角又忽然湧出了兩顆珠露來！

"珍重珍重，杭州的城市！我此番回家，若不馬上出來，大約總要在故鄉永住了，我們的再見，知在何日？萬一情狀不佳，故鄉父老不容我在鄉間終老，我也許到嚴子陵的釣石磯頭，去尋我的歸宿的，我這一瞥，或將成了你我的最後的訣別，也未可知。我到此刻，才知道我胸際實在在痛愛你的明媚的湖山的，不過盤踞在你的地上的那些野心狼子，不得不使我怨你恨你罷了。啊啊，珍重珍重，杭州的城市！我若在波中淹沒的時候，最後映到我的心眼上來的，也許是我兒時親睦的你的媚秀的湖山罷！"

〔本篇作於 1923 年 7 月 30 日，選自 1930 年 1 月上海現代書局出版的《達夫代表作》，收入本書時，刪除了部分超出浙江省界的內容〕

河流人家。　依河而居，"門對長橋，窗臨遠阜"。

煙俱淨，天山共色，從流飄蕩，任意東西，自富陽至桐

廬一百許里，奇山異水，天下獨絕。……

還鄉後記

報恩橋。　西湖南線景區一處古樸優美的人文景觀，橋拱呈多邊形，始建於清代乾隆八年。

風煙俱淨，天山共色，從流飄蕩，任意東西，自富陽至桐廬一百許里，奇山異水，天下獨絕。水皆縹碧，千丈見底，游魚細石，直視無礙，急湍甚箭，猛浪若奔，隔岸高山，皆生寒樹，負勢竟上，互相軒邈，爭高直指，千百成群。泉水激石，泠泠作響，好鳥相鳴，嚶嚶成韻。蟬則千囀不窮，猿則百叫無絕，鳶飛戾天者，望峰息心，經綸世務者，窺谷忘反，橫柯上蔽，在畫猶昏，疏條交映，有時見日。

——吳均

一

“比在家庭的懷抱裏覺得更好的地方，是什麼地方？”像這樣的地方，當然是沒有的，法國的這一句古歌，實在是把人情世態道盡了。

當微雨瀟瀟之夜，你若身眠古驛，看看蕭條的四壁，看看一點欲盡的寒燈，倘不想起家庭的人，這人便是沒有心腸者，任它草堆也好，破窰也好，你兒時放搖籃的地方，便是你死後最好的葬身之所呀！我們在客中臥病的時候，每每要想及家鄉，就是這事的明證。

我空拳隻手地奔回家去。到了杭州，又把路費用盡，在赤日的底下，在車行的道上，我就不得不步行出城。緩步當車，說起來倒是好聽，但是在二十世紀的墮落的文明裏沉浸過的我，既貧賤而又多驕，最喜歡張張虛勢，更何況平時是以享樂為主義的我，又哪裏能夠好好地安貧守分，和鄉下人一樣地躞蹀泥中呢！

這一天陰曆的六月初三，天氣倒好得很。但是炎炎的赤日，只能助長有錢有勢的人的納涼佳興，與我這行路病者，卻是絲毫無益的！我慢慢地出了鳳山門，立在城河橋上，一邊用了我那半舊的夏布長衫襟袖，揩拭汗水，一邊回頭來看看杭州的城市，與杭州城上蓋着的青天和城牆界上的一排山嶺，真有萬千的感慨，橫亙在胸中。預言者自古不為其故鄉所容，我今朝卻只能對了故里的丘山，來求最後的蔭庇，五柳先生的心事，痛可知了。

啊啊！親愛的諸君，請你們不要誤會，我並非是以預言者自命的人，不過說我流離顛沛，卻是與預言者的境遇相同，社會錯把我作了天才待遇罷了。即使羅秀才能行破石飛雞的奇迹，然而他的品格，豈不和飄泊在歐洲大陸，猖狂乞食的其泊西（gipsy）一樣麼？

我勉強走到了江干，腹中飢餓得很了。回故鄉去的早班輪船，當然已經開出，等下午的快船出發，還有三

西湖綢傘。 選取杭州名產絲綢為傘面，色彩鮮艷，美觀大方，富有濃郁的江南地方特色。

杭州古運河終點——拱宸橋。 全長一百三十八米，建於明代崇禎四年，石砌橋墩逐層收分，整體樸實雄偉，是中國古石拱橋的傑出代表之一。

個鐘頭。我在雜亂窄狹的南星橋市上飄流了一會，在靠江的一條冷清的夾道裏找出了一家坍敗的飯館來。

　　飯店的房屋的骨格，同我的胸腔一樣，肋骨已經一條一條的數得出來了。幸虧還有左側的一根木椽，從鄰家牆上，橫着支住在那裏，否則怕去秋的潮汛，早好把它拉入了江心，作伍子胥的燒飯柴火去了。店裏的幾張板凳桌子，都積滿了灰塵油膩，好像是前世紀的遺物。帳櫃上坐着一個四十內外的女人，在那裏做鞋子。灰色的店裏，並沒有什麼生動的氣象，只有在門口柱上貼着的一張"安寓客商"的塵蒙的紅紙，還有些微現世的感覺。我因為腳下的錢已快完，不能更向熱鬧的街心去尋輝煌的菜館，所以就慢慢地踱了進去。

　　啊啊，物以類聚！你這短翼差池的飯館，你若是二足的走獸，那我正好和

南宋官窯舊址博物館。 位於西湖烏龜山，是中國陶瓷發展史的一個窗口，內陳設歷代陶瓷珍品。

你分庭抗禮結為兄弟哩。

二

　　假使天公下一陣微雨，把錢塘江兩岸的風景，罩得煙雨模糊，把江邊的泥路，浸得污濁難行，那麼這時候江干的旅客，必要減去一半，那麼我乘船歸去，至少可以少遇見幾個曉得我的身世的同鄉；即使旅客不因之而減少，只教天上有黯淡的愁雲蒙着，階前屋外有幾點雨滴的聲音，那麼圍繞在我周圍的空氣和自然的景物，總要比現在更帶有些陰慘的色彩，總要比現在和我的心境更加相符。若希望再奢一點，我此刻更想有一具黑漆棺木在我的旁邊。最好是秋風涼冷的九十月之交，葉落的林中，陰森的江上，不斷地篩着渺濛的秋雨。我在凋殘的蘆葦裏，僱了一葉扁舟，當日暮的時候，在送靈柩歸去。小船除舟子而外，不要有第二個人。棺裏臥着的，若不是和我寢處追隨的一個年少婦人，至少也須是一個我的至親骨肉。我在灰暗微明的黃昏江上，雨聲淅瀝的蘆葦叢中，赤了足，張了油紙雨傘，提了一張燈籠，摸上船頭上去焚化紙帛。

我坐在靠江的一張破桌子上，等那櫃上的婦人下來替我炒蛋炒飯的時候，看看西興對岸的青山綠樹，看看江上的浩蕩波光，又看看在江邊沙渚的晴天赤日下來往的帆檣肩輿和舟子牛車，心裏忽起了一種怨恨天帝的心思。我怨恨了一陣，癡想了一陣，就把我的心願，原原本本地排演了出來。我一邊在那裏焚化紙帛，一邊卻對棺裏的人說：

"Jeanne！我們要回去了，我們要開船了！怕有野鬼來麻煩，你就拿這一點紙帛送給他們罷！你可要飯吃？你可安穩？你可是傷心？你不要怕，我在這裏，我什麼地方也不去了，我只在你的邊上。"

我幽幽地講到最後的一句，咽喉就塞住了。我在座上拱了兩手，把頭伏了下去，兩面頰上，只感着了一道熱氣。我重新把我所欲愛的女人，一個一個想了出來，見她們閉着口眼，冰冷的直臥在我的前頭。我覺得隱忍不住了，竟任情的放了一聲哭聲。那個在爐灶上的婦人，以為我在催她的飯，她就同哄小孩子似的用了柔和的聲氣說：

"好了好了！就快好了，請再等一會兒！"

啊啊！我又想起來了，我又想起來了，年幼的時候，當我哭泣的時候，祖母母親哄我

西湖孤山西泠塔。　山下為清光緒三十年創建的金石篆刻研究基地——西泠印社，亭台樓閣依山而起，錯落有序。

的那一種聲氣！

"已故的老祖母，倚閭的老母親！你們的不肖的兒孫，現在正落魄了在江干等回故里的船呀！"

我在自己製成的傷心的淚海裏游泳了一會，那婦人捧了一碗湯，一碗炒飯，擺到了我的面前來。我仰起頭來對她一看，她倒驚了一跳。對我呆看了一眼，她就去絞了一塊手巾來遞給我，叫我擦一擦面。我對了這半老婦人的殷勤，心裏說不出的只在感謝。幾日來因為睡眠不足，營養不良的緣故，已經是非常感覺衰弱，動着就要流淚的我，對她的這一種感謝。已變成了兩行清淚，噗嗒地滴下了腮來，她看了這種情形，就問我說：

"客人，你可是遇見了壞人？"

我搖了搖頭，勉強地對她笑了一笑，什麼話也不能回答。她呆呆地立了一回，看我不能講話，也就留了一句："飯不夠吃，再好炒的。"安慰我的話，走向她的櫃上去了。

三

我吃完了飯，付了她兩角銀角子，把找回來的八九個銅子，也送給了她，她卻搖着頭說："客人，你是趕船的麼？船上要用錢的地方多得很哩，這幾個銅子你收着用罷！"

我以為她怪我吝嗇，只給她幾個銅子的小賬，所以又摸了兩角銀角子出來給她。她卻睜大了眼睛對我說：

"咿咿！這算什麼？這算什麼？"

她硬不肯收，我才知道了她的真意，所以說：

"但是無論如何，我總要給你幾個小賬的。"

她又推了一會，才收了三個銅子說：

"小賬已經有了。"

啊啊，我自回中國以來，遇見的都是些卑污貪暴的野心狼子，我萬萬想不

靈隱冷泉仙境。　　小徑恬靜，清泉潺流，古樹參天。

到在澆薄的杭州城外，有這樣的一個真誠的婦人的。婦人呀婦人，你的坍敗的
屋椽，你的凋零的店舖，大約就是你的真誠的結果，社會對你的報酬！啊啊，
我真恨我沒有黃金十萬，為你建造一家華麗的酒樓。

　　"再會再會！"

　　"順風順風！船上要小心一點。"

　　"謝謝！"

　　我受婦人的憐惜，這可算是平生的第一次。

　　我出了飯館，從太陽曬着的冷靜的這條夾道，走上了輪船公司的那條大街

(左)飛來峰"寶藏神大夜叉王"元代造像。　傳說是掌管天下無盡財寶的財神，全身珠光寶氣，右腳踩住大海螺，右手握一顆大寶珠，左手握口吐珍珠的鼠狼。

(右)靈隱寺大雄寶殿釋迦牟尼佛像。　佛身淨高九點一米，自蓮花座到背光頂十九點六米，由二十四塊香樟木雕成，佛像全身貼金八十六兩。

上去。大約是將近午飯的時候了，街上的行人，比曩時少了許多。我走到輪船公司門口，向窗裏一看，見賬房內有五六個男子圍了桌子，赤了膊在那裏說笑吃飯。賣票的窗前的屋裏，在角頭椅上，只坐着兩個鄉下人，在那裏等候，從他們的衣服、態度上看來，他們必是臨浦蕭山一帶的農民，也不知他們有什麼心事，他們的眉毛卻蹙得緊緊的。

　　我走近了他們，在他們旁邊坐下之後，兩人中間的一個看了我一眼，問我說：

　　"鮮散（先生）！到臨浦嚴辦（煙篷）幾個臉（錢）？"

　　"我也不知道，大約是一二角角子罷。"

　　"喏（你）到啥地方起（去）咯？"

　　"我上富陽去的。"

　　"哎（我們）是為得打官司到杭州來咯。"

　　我並不問他，他卻把這一回因為一個學堂裏出身的先生告了他的狀，不得不到杭州來的事情對我詳細地訴説了：

"哎真勿要打官司啦！格煞（現在）田裏已（又）忙，寧（人）也走勿開，真真苦煞哉啦！漢（那）個學堂裏個（的）鮮散，心也脱兒哉，哎請啦寧剛（講）過好兩遍，情願拿出八十塊洋鈿不（給）其（他），其（他）要哎百念塊。喏（你）看，格煞五荒六月，教哎啥地方去變出一百念塊洋鈿來呢！"

他説着似乎是很傷心的樣子。

"唉唉！你這老實的農民，我若有錢，我就給你一百二十塊錢救你出險了。但是

Thou's met me in an evil hour；

…………………………………………………

To spare thee now is past my power,

………………………………………………………………"

靈隱寺第三大殿——藥師殿。　內坐東方淨流世界的藥師佛和日光菩薩、月光菩薩，合稱"東方三聖"。藥師佛曾發過十二大願："要讓在世的人們除去一切病痛，身心安樂。"

寶石山造像。　傳說距今數千年，古人作航船過往之標誌。

我心裏這樣的一想，又重新起了一陣身世之悲。他看我默默的不語，便也住了口，仍復沉入悲愁的境裏去了。

四

我坐在輪船公司的那隻角上，默默地與那農民相對，耳裏斷斷續續地聽了些在賬房裏吃飯的人的笑語，只覺得一陣一陣的哀心隱痛，絕似臨盆的孕婦，要產產不出來的樣子。

靈隱寺大型壁雕。

杭州城外，自閘口至南星，統江干一帶，本是我舊遊之地，我記得沒有去國之先，在岸邊花艇裏，金尊檀板，也曾眠醉過幾場。江上的明月，月下的青山，與越郡的雞酒，佐酒的歌姬，當然依舊在那裏助長人生的樂趣。但是我呢？我身上的變化呢？我的同乾柴似的一雙手裏，只捏了三個兩角的銀角子，在這裏等買船票！

過了一點多鐘，輪船公司的那間屋裏，擠滿了旅人，我因為怕逢知我的同鄉，只俯了首，默默地坐着不敢吐氣。啊啊，窗外的被陽光曬着的長街，在街上手輕腳健快快活活來往的行人，請你們饒恕我的罪罷，這時候我心裏真恨不得丟一個炸彈，與你們同歸於盡呀。

跟了那兩個農民，在窗口買了一張煙篷船票，我就走出公司，走上碼頭，走上跳板，走上駁船去。

原來錢塘江岸，淺灘頗多，碼頭下有一排很長的跳板，接在那裏。我跟了眾人，一步一步地從跳板上走到駁船裏去的時候，卻看見了一個我自家的影子，斜映在江水裏，慢慢地在那裏前進。等走到跳板盡處，將上駁船的時候，我心裏忽而想起了一段我女人寫給我的信上的話來：

我從來沒有一個人單獨出過門，那天晚上，我對你說的讓我一個人回去的話，原是激於一時的意氣而發，我實不知道抱着一個六個月的孩子的婦人的單獨旅行，是如何的苦法的。那天午後，你送我上車，車開之後，我抱了龍兒，看着車裏坐着的男女，覺得都比我快樂。我又探頭出來，遙向你住着的上海一望，只見了幾家工廠，和屋上排列在那裏的一列煙囱。我對龍兒看了一眼，就不知不覺地湧出了兩滴眼淚。龍兒看了我這樣子，也好像有知識似的對我呆住了。他跳也不跳了，笑也不笑了，默默地盡對我呆看。我看了這種樣子，更覺得傷心難耐，就把我的顏面俯上他的臉去，緊緊地吻了他一回。他呆了一會，就在我的懷裏睡着了。

火車行行前進，我看看車窗外的野景，忽而想起去年你帶我出來的時候的景象。啊啊！去歲的初秋，你我一路出來上 A 地去的快樂的旅行，和這一回慘敗了回來的情狀一比，當時的感慨如何，大約是你所能推想得出的罷！

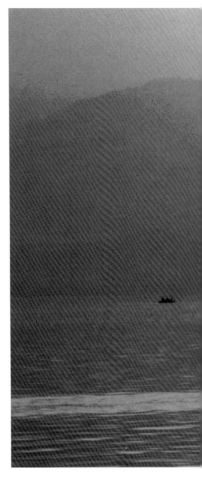

在江干的旅館裏過了一夜，第二天的早晨，我差茶房送了一個信給住在江干的我的母舅，他就來了。把我的行李送上輪船之後，買了票子，他又來陪我上船去。龍兒硬不要他抱，所以我只能抱着龍兒，跟在他後面，一步一步地走上那駭人的跳板去，等跳板走盡的時候，我想把龍兒交給母舅，縱身一跳，跳入錢塘江裏去的。但是仔細一想，在昏夜的揚子江邊還淹不死的我，在白日的這淺渚裏，又哪裏能達到我的目的？弄得半死不活，走回家去，反而要被人家笑話，還不如忍着罷。

西湖唱晚。　　"一條黃色的沙灘，一排蒼翠的雜樹，靜靜地躺在午後的陽光裏吐氣。"

　　我到家以後，這幾天裏，簡直還沒有取過飲食，所以也沒有氣力寫信給你，請你諒我。

五

　　啊啊，貧賤夫妻百事哀！我的女人啊，我累你不少了。

　　我走上了駁船，在船篷下坐定之後，就把三個月前，在上海北站，送我女人回家的事情想了出來。忘記了我的周圍坐着的同行者，忘記了在那裏搖動的駁船，並且忘記了我自家的失意的情懷，我只見清瘦的我的女人抱了我們的營養不良的小孩在火車窗裏，在對我流淚。火車隨着蒸氣機關在那裏前進，她的眼淚灑滿的蒼白的臉兒，也和車輪合着了拍子，一隱一現的在那裏窺探我。我對她點一點頭，她也對我點一點頭。我對她手招一招，教她等我一忽，她也對我手招一招。我想使盡我的死力，跳上火車去和她坐一塊兒，但是心裏又怕跳不上去，要跌下來。我遲疑了許久，看她在窗裏的愁容，漸漸地遠下去，淡下去了，才抱定了決心，站起來向前面伸出了一隻手去。我攀着了一根鐵杆，聽見了一聲咚咚的衝擊的聲音，縱身向上一跳，覺得雙腳踏在木板上了。忽有許多嘈雜的人聲，逼上我的耳膜來，並且有幾隻強有力的手，突突的向我背後推打了幾下。我回轉頭來一看，方知是駁船到了輪船身邊，大家在爭先地跳上輪船來，我剛才所攀着的鐵杆，並不是火車的回欄，我的兩腳也並不是在火車中間，卻踏在小輪船的舷上了。

我隨了眾人擠到後面的煙篷角上去佔了一個位置，靜坐了幾分鐘，把頭腦休息了一下，方才從剛才的幻夢狀態裏醒了轉來。

向窗外一望，我看見透明的淡藍色的江水，在那裏返射日光。更抬頭起來，望到了對岸，我看見一條黃色的沙灘，一排蒼翠的雜樹，靜靜地躺在午後的陽光裏吐氣。

我彎了腰背孤苦伶仃地坐了一忽，輪船開了。在閘口停了一停，這一隻同小孩子的玩具似的小輪船就僕獨僕獨地奔向西去。兩岸的樹林沙渚，旋轉了好幾次，江岸的草舍，農夫，和偶然出現的雞犬小孩，都好像是和平的神話裏的材料，在那裏等赫西奧特（Hesiod）的吟詠似的。

經過了聞家堰，不多一忽，船就到了東江嘴，上臨浦義橋的船客，是從此地換入更小的輪船，溯支江而去的。買票前和我坐在一起的那兩個農民，被茶房拉來拉去的拉到了船邊，將換入那隻等在那裏的小輪船去的時候，一個和我講話過的人，忽而回轉頭來對我看了一眼，我也不知不覺地回了他一個目禮。啊啊！我真想跟了他們跳上那隻小輪船去，因為一個鐘頭之後，我的輪船就要到富陽了，這回前去停船的第一個碼頭，就是富陽了，我有什麼面目回家去見我的衰親，見我的女人和小孩呢？

　　但是命運注定的最壞的事情，終究是避不掉的。輪船將近我故里的縣城的時候，我的心臟的鼓動也和輪船的機器一樣，僕獨僕獨地響了起來。等船一靠岸，我就雜在眾人堆裏，披了一身使人眩暈的斜陽，俯着首走上岸來。上岸之後，我卻走向和回家的路徑方向相反的一個冷街上的土地廟去坐了兩點多鐘。等太陽下山，人家都在吃晚飯的時候，我方才乘了夜陰，走上我們家裏的後門邊去。我側耳一聽，聽見大家都在庭前吃晚飯，偶爾傳過來的一聲我女人和母親的說話的聲音，使我按不住地想奔上前去，和她們去說一句話，但我終究忍

富陽鸛山。　　「輪船將近我故里的縣城的時候，我的心臟的鼓動也和輪船的機器一樣，僕獨僕獨地響了起來。」

住了。乘後門邊沒有一個人在，我就放大了膽，輕輕推開了門，不聲不響地摸上樓上我的女人的房裏去睡了。

晚上我的女人到房裏來睡的時候，如何的驚惶，我和她如何的對泣，我們如何的又想了許多謀自盡的方法，我在此地不記下來了，因為怕人家說我是欲引起人家的同情的緣故，故意地在誇張我自家的苦處。

〔 本篇作於 1923 年 8 月 19 日，選自 1930 年
1 月上海現代書局出版的《達夫代表作》 〕

浮雲。　富春山村的傍晚。

靜的夏夜的空氣裏閒坐着的我，腦中不知有多少愁思，

在這裏洶湧。……

青煙

寂靜的夏夜的空氣裏閒坐着的我，腦中不知有多少愁思，在這裏洶湧。看看這同綠水似的由藍紗罩裏透出來的電燈光。聽聽窗外從靜安寺路上傳過來的同倦了似的汽車鳴聲，我覺得自家又回到了青年憂鬱病時代去的樣子，我的比女人還不值錢的眼淚，又映在我的頰上了。

抬頭起來，我便能見得那催人老去的日曆，時間一天一天地過去了，但是我的事業，我的境遇，我的將來，啊啊，吃盡了千辛萬苦，自家以為已有些物事被我把握住了，但是放開緊緊捏住的拳頭來一看，我手裏只有一溜青煙！

"天下佳山水，古今推富春"，富春江風光以"山青、水清、史悠、境幽"四絕聞名。

富陽鸛山臨江長廊。

　　世俗所說的"成功"，於我原似浮雲。無聊的時候偶爾寫下來的幾篇概念式的小說，雖則受人攻擊，我心裏倒也沒有什麼難過，物質上的困迫，只教我自家能咬緊牙齒，忍耐一下，也沒有些微關係，但是自從我生出之後，直到如今二十餘年的中間，我自家播的種，栽的花，哪裏有一枝是鮮豔的？哪裏一枝曾經結過果來？啊啊，若說人的生活可以塗抹了改作的時候，我的第二次的生涯，決不願意把它弄得同過去的二十年間的生活一樣的！我從小若學作木匠，到今日至少也已有一二間房屋造成了。無聊的時候，跑到這所我所手造的房屋邊上去看看，我的寂寥，一定能夠輕減。我從小若學作裁縫，不消說現在定能把輕羅繡緞剪開來縫成好好的衫子了。無聊的時候，把我自家剪裁，自家縫紉的纖麗的衫裙，打開來一看，我的鬱悶，也定能消殺下去。但是無一藝之長的我，從前還自家騙自家，老把古今中外文人所作成的傑作拿出來自慰，現在夢醒之後，看了這些名家的作品，只是愧赧，所以目下連飲鴆也不能止我的渴了，叫我還有什麼法子來填補這胸中的空虛呢？

　　有幾個在有錢的人翼下寄生着的新聞記者說：

　　"你們的憂鬱，全是做作，全是無病呻吟，是醜態！"

　　我只求能夠真真的如他們所說，使我的憂鬱是假作的，那麼就是被他們罵得再厲害一點，或者竟把我所有的幾本舊書和幾塊不知從何處來的每日買麵包的錢，給了他們，也是願意的。

　　有幾個為前面那樣的新聞記者作奴僕的人說：

　　"你們在發牢騷，你們因為沒有人來使用你們，在發牢騷！"

　　我只求我所發的是牢騷，那麼我就是連現在正打算點火吸的這枝Felucca，給了他們都可以，因為發牢騷的人，總有一點自負，但是現在覺得自家的精神肉體，委靡得同風的影子一樣的我，還有一點什麼可以自負呢？

　　有幾個比較瞭解我性格的朋友說：

　　"你們所感得的是Toska，是現在中國人人都感得的。"

　　但是我若有這樣的Myriad mind，我早成了Shakespeare了。

　　我的弟兄說：

"唉，可憐的你，正生在這個時候，正生在中國鬧得這樣的時候，難怪你每天只是鬱鬱的；跑上北又弄不好，跑上南又弄不好，你的憂鬱是應該的，你早生十年也好，遲生十年也好……"

我無論在什麼時候——就假使我正抱了一個肥白的裸體婦女，在酣飲的時候罷——聽到這一句話，就會痛哭起來，但是你若再問一聲，"你的憂鬱的根源是在此了麼？"我定要張大了淚眼，對你搖幾搖頭說："不是，不是。"國家亡了有什麼？亡國詩人Sienkiewicz，不是轟轟烈烈地做了一世人麼？流寓在

（左）鶴山亭。　美麗的富春山水"畫廊"。

（右）松筠別墅。　磚木結構的三開間房，因黎元洪贈郁母"節比松筠"匾而得名，今闢為郁家烈士文物陳列室。

租界上的我的同胞不是個個都很安閒的麼？國家亡了有什麼？外國人來管理我們，不是更好麼？陸劍南的"王師北定中原日，家祭無忘告乃翁"的兩句好詩，不是因國亡了才做得出來的麼？少年的血氣乾萎無遺的目下的我，哪裏還有同從前那麼的愛國熱忱，我已經不是 Chauvinist 了。

窗外汽車聲音漸漸地稀少下去了，蒼茫六合的中間我只聽見我的筆尖在紙上劃字的聲音。探頭到窗外去一看，我只看見一彎黝黑的夏夜天空，淡映着幾顆殘星。我擱下了筆，在我這同火柴箱一樣的房間裏走了幾步，只覺得一味淒涼寂寞的感覺，浸透了我的全身，我也不知道這憂鬱究竟是從什麼地方來的。

雖是剛過了端午節，但像這樣暑熱的深夜裏，睡也睡不着的。我還是把電燈滅黑了，看窗外的景色罷！

窗外的空間只有錯雜的屋脊和尖頂，受了幾處瓦斯燈的遠光，絕似電影的樓台，把它們的輪廓盡在微茫的夜氣裏。四處都寂靜了，我卻聽見微風吹動窗葉的聲音，好像是大自然在那裏幽幽歎氣的樣子。

遠處又有汽車的喇叭聲響了，這大約是西洋資本家的男女，從淫樂的裸體跳舞場回家去的凱歌罷。啊啊，年紀要輕，顏容要美，更要有錢。

我從窗口回到了座位裏，把電燈拈開對鏡子看了幾分鐘，覺得這清瘦的容

鄉戲。　　"舊曆的五月初十，正是F縣城裏每年演戲行元帥會的日子。"

貌，終究不是食肉之相。在這樣無可奈何的時候，還是吸吸煙，倒可以把自家
的思想統一起來，我擦了一支火柴，把一支Felucca點上了。深深地吸了一口。
我仍復把這口煙完全吐上了電燈的綠紗罩子。綠紗罩的周圍，同夏天的深山雨
後似的，起了一層淡紫的雲霧。呆呆地對這層雲霧凝視着，我的身子好像是縮
小了投射在這淡紫的雲霧中間。這層輕淡的雲霧，一飄一揚地蕩了開去，我的
身體便化而為二，一個縮小的身子在這層霧裏飄蕩，一個原身仍坐在電燈的綠
光下遠遠地守望着那青煙裏的我。

A phantom，

已經是薄暮的時候了。

天空的周圍，承受着落日的餘暉，四邊有一圈銀紅的彩帶，向天心一步步
變成了明藍的顏色，八分滿的明月，悠悠淡淡地掛在東半邊的空中。幾刻鐘過
去了，本來是淡白的月亮放起光來。月光下流着一條曲折的大江，江的兩岸有
鬱茂的樹林，空曠的沙渚。夾在樹林沙渚中間，各自離開一里二里，更有幾處
疏疏密密的村落。村落的外邊環抱着一群層疊的青山。當江流曲處，山崗亦

折作弓形，白水的弓弦和青山的弓背中間，聚居了幾百家人家，便是 F 縣縣治所在之地。與透明的清水相似的月光，平均地灑遍了這縣城，江流，青山，樹林，和離縣城一二里路的村落。黃昏的影子，各處都可以看得出來了。平時非常寂靜的這 F 縣城裏，今晚上卻帶着些躍動的生氣，家家的燈火點得比平時格外的輝煌，街上來往的行人也比平時格外的嘈雜，今晚的月亮，幾乎要被小巧的人工比得羞澀起來了。這一天是舊曆的五月初十，正是F縣城裏每年演戲行元帥會的日子。

　　一個年紀大約四十左右的清瘦的男子，當這黃昏時候，拖了一雙走倦了的足慢慢地進了F縣城的東門，踏着自家的影子，一步一步地夾在長街上行人中間向西的走來，他的青黃的臉上露着一副惶恐的形容，額上眼下已經有幾條皺紋了。嘴邊上亂生在那裏的一叢蕪雜的短鬚，和身上穿着的一件齷齪的半舊竹

富陽山村。　　夏天的深山雨後，起了一層淡紫的雲霧。

布大衫，證明他是一個落魄的人。他的背脊屈向前面，一雙同死魚似的眼睛，盡在向前面和左旁右旁偷看。好像是怕人認識他的樣子，也好像是在那裏尋知己的人的樣子。他今天早晨從H省城動身，一直走了九十里路，這時候才走到他廿年不見的故鄉F縣城裏。

他慢慢地走到了南城街的中心，停住了足向左右看了一看，就從一條被月光照得灰白的巷裏走了進去。街上雖則熱鬧，但這條狹巷裏仍是冷冷清清。向南的轉了一個彎，走到一家大牆門的前頭，他遲疑了一會，便走過去了。走過了兩三步，他又回了轉來。向門裏偷眼一看，他看見正廳中間桌上有一盞洋燈點在那裏。明亮的洋燈光射到上首壁上，照出一張鍾馗圖和幾副蠟箋的字對來。此外廳上空空寂寂，沒有人影。他在門口走來走去的走了幾遍，眼睛裏放出了兩道晶潤的黑光，好像是要哭哭不出來的樣子。最後他走轉來過這牆門口的時候，裏面卻走出了一個與他年紀相仿的女人來。因為她走在他與洋燈的中間，所以他只看見她的蓬蓬的頭髮，映在洋燈的光線裏。他急忙走過了三五步，就站住了。那女人走出了牆門，走上和他相反的方向去。他仍復走轉來，追到了那女人的背後。那女人聽見了他的腳步聲忽兒把頭朝了轉來。他在灰白的月光裏對她一看就好像觸了電似的呆住了。那女人朝轉來對他微微看了一眼，仍復向前的走去。他就趕上一步，輕輕地問那女人說：

"嫂嫂這一家是姓于的人家麼？"

那女人聽了這句問語，就停住了腳，回答他說：

"噯！從前是姓于的，現在賣給了陸家了。"

在月光下他雖辨不清她穿的衣服如何，但她臉上的表情是很憔悴，她的話聲是很悽楚的，他的問語又輕了一段，帶起顫聲來了。

"那麼于家搬上哪裏去了呢？"

"大爺在北京，二爺在天津。"

"他們的老太太呢？"

"婆婆去年故了。"

"你是于家的嫂嫂麼？"

（上）松筠別墅。　郁達夫及其兄郁曼陀奉養其母的地方。

（下）大學士牌坊。　立於富陽鸛山公園清代宰相董浩故居前。

鵲山雙烈亭。 亭額"雙松挺秀"為茅盾所題,以紀念郁達夫和郁曼陀兩位烈士。亭旁建郁曼陀先生血衣塚,于右任題字,郭沫若撰文,馬敘倫書誌銘碑。

"噯!我是三房裏的。"

"那麼于家就是你一個人住在這裏麼?"

"我的男人,出去了二十多年,不知道在什麼地方,所以我也不能上北京去,也不能上天津去,現在在這裏幫陸家燒飯。"

"噢噢!"

"你問于家幹什麼?"

"噢噢!謝謝……"

他最後的一句話講得很幽,並且還沒有講完,就往後的跑了。那女人在月光裏呆看了一會他的背影,眼見得他的影子一步一步的小了下去,同時又

遠遠的聽見了一聲他的暗泣的聲音，她的臉上也滾了兩行眼淚出來。

月亮將要下山去了。

江邊上除了幾聲懶懶的犬吠聲外，沒有半點生物的動靜，隔江岸上，有幾家人家，和幾處樹林，靜靜地躺在同霜華似的月光裏。樹林外更有一抹青山，如夢如煙的浮在那裏。此時 F 縣城的南門江邊上，人家已經睡盡了。江邊一帶的房屋，都披了殘月，倒影在流動的江波裏，雖是首夏的晚上，但到了這深夜，江上也有些微寒意。

停了一會有一群從戲場裏回來的人，破了靜寂，走過這南門的江上。一個人朝着江面說：「好冷啊，我的毛髮都竦豎起來了，不要有溺死鬼在這裏討替身哩！」

第二個人說：

「溺死鬼不要來尋着我，我家裏還有老婆兒子要養的哩！」

第三第四個人都哈哈地笑了起來，這一群人過去了之後，江邊上仍復歸還到一刻前的寂靜狀態去了。

月亮已經下山了，江邊上的夜氣，忽而變成了灰色。天上的星宿，一顆顆放起光來，反映在江心裏，這時候南門的江邊上又閃出了一個瘦長的人影，慢慢的在離水不過一二尺的水際徘徊。因為這人影的行動很慢，所以它的出現，並不能破壞江邊上的靜寂的空氣。但是幾分鐘後這人影忽而投入了江心，江波激動了，江邊上的沉寂也被破了。江上的星光搖動了一下，好像似天空掉下來的樣子。江波一圈一圈地闊大開來，映在江波裏的星光也隨而一搖一搖地動了幾動。人身入水的聲音和江上靜夜裏生出來的反響與江波的圓圈消滅的時候，灰色的江上仍復由死滅的寂靜支配着，去天明的時候，正還遠哩！

Epilogue

　　我呆呆地對着電燈的綠光，一支一支把我今晚剛買的這一包煙捲差不多吸完了。遠遠的雞鳴聲和不知從何處來的汽笛聲，斷斷續續地傳到我的耳膜上來，我的腦筋就聯想到天明上去。

　　可不是麼？你看！那窗上的屋瓦，不是一行一行的看得清楚了麼？

　　啊啊，這明藍的天色！

　　是黎明到了！

　　啊呀，但是我又在窗下聽見了許多洗便桶的聲音。這是一種象徵，這是一種象徵。我們中國的所謂黎明者，便是穢濁的手勢戲的開場呀！

〔本篇作於 1923 年 6 月上旬，農曆五月初十午前 4 時，

原載 1923 年 6 月 30 日《創造周報》第 8 號〕

江南隆冬。

南的地質豐腴而潤澤，所以含得住熱氣，養得住植物；

因而長江一帶，蘆花可以到冬至而不敗，……

江南的冬景

"太陽一上屋簷……老翁小孩就又可以上門前的隙地裏去坐着曝背談天，營屋外的生涯了……"

凡在北國過過冬天的人，總都道圍爐煮茗，或吃涮羊肉，剝花生米，飲白乾的滋味。而有地爐，暖炕等設備的人家，不管它門外面是雪深幾尺，或風大若雷，而躲在屋裏過活的兩三個月的生活，卻是一年之中最有勁的一段蟄居異境；老年人不必說，就是頂喜歡活動的小孩子們，總也是個個在懷戀的，因為當這中間，有的蘿蔔，雅兒梨等水果的閒食，還有大年夜，正月初一元宵等熱鬧的節期。

但在江南，可又不同；冬至過後，大江以南的樹葉，也不至於脫盡。寒風——西北風——間或吹來，至多也不過冷了一日兩日。到得灰雲掃盡，落葉滿街，晨霜白得像黑女臉上的脂粉似的清早，太陽一上屋簷，鳥雀便又在吱叫，泥地裏便又放出水蒸氣來，老翁小孩就又可以上門前的隙地裏去坐着曝背談天，營屋外的生涯了；這一種江南的冬景，豈不也可愛得很麼？

我生長江南，兒時所受的江南冬日的印象，銘刻特深；雖則漸入中年，又愛上了晚秋，以為秋天正是讀讀書，寫寫字的人最惠節季，但對於江南的冬

曝背談天。

景，總覺得是可以抵得過北方夏夜的一種特殊情調，說得摩登些，便是一種明朗的情調。

我也曾到過閩粵，在那裏過冬天，和暖原極和暖，有時候到了陰曆的年邊，說不定還不得不拿出紗衫來着；走過野人的籬落，更還看得見許多雜七雜八的秋花！一番陣雨雷鳴過後，涼冷一點，至多也只好換上一件夾衣，在閩粵之間，皮袍棉襖是絕對用不着的；這一種極南的氣候異狀，並不是我所説的江南的冬景，只能叫它作南國的長春，是春或秋的延長。

江南的地質豐腴而潤澤，所以含得住熱氣，養得住植物；因而長江一帶，蘆花可以到冬至而不敗，紅葉也有時候會保持得三個月以上的生命。像錢塘江兩岸的烏柏樹，則紅葉落後，還有雪白的柏子着在枝頭，一點一叢，用照相機照將出來，可以亂梅花之真。草色頂多成了赭色，根邊總帶點綠意，非但野火燒不盡，就是寒風也吹不倒的。若遇到風和日暖的午後，你一個人肯上冬郊去走走，則青天碧落之下，你不但感不到歲時的肅殺，並且還可以飽覺着一種莫名其妙的含蓄在那裏的生氣；“若是冬天來了，春天也總馬上會來”的詩人的名句，只有在江南的山野裏，最容易體會得出。

說起了寒郊的散步，實在是江南的冬日，所給與江南居住者的一種特異的恩惠；在北方的冰天雪地裏生長的人，是終他的一生，也決不會有享受這一種清福的機會的。我不知道德國的冬天，比起我們江浙來如何，但從許多作家的喜歡以 Spaziergang 一字來做他們的創造題目的一點看來，大約是德國南部地方，四季的變遷，總也和我們的江南差仿不多。譬如說十九世紀的那位鄉土詩人洛在格

（Peter Rosegger, 1843-1918）罷，他用這一個"散步"做題目的文章尤其寫得多，而所寫的情形，卻又是大半可以拿到中國江浙的山區地方來適用的。

　　江南河港交流，且又地濱大海，湖沼特多，故空氣裏時含水分；到得冬天，不時也會下着微雨，而這微雨寒村裏的冬霖景象，又是一種說不出的悠閒境界。你試想想，秋收過後，河流邊三五家人家會聚在一道的一個小村子裏，門對長橋，窗臨遠阜，這中間又多是樹枝槎丫的雜木樹林；在這一幅冬日農村的圖上，再灑上一層細得同粉也似的白雨，加上一層淡得幾不成墨的背景，你說還夠不夠悠閒？若再要點景致進去，則門前可以泊一隻烏篷小船，茅屋裏可以添幾個喧嘩的酒客，天垂暮了，還可以加一味紅黃，在茅屋窗中畫上一圈暗

江南河港交流……若再要點景致進去，則門前可以泊一隻烏篷小船，茅屋裏可以添幾個喧嘩的酒客……

示着燈光的月暈。人到了這一個境界，自然會得胸襟灑脫起來，終至於得失俱亡，死生不同了；我們總該還記得唐朝那位詩人做的"暮雨瀟瀟江上村"的一首絕句罷？詩人到此，連對綠林豪客都客氣起來了，這不是江南冬景的迷人又是什麼？

一提到雨，也就必然地要想到雪："晚來天欲雪，能飲一杯無？"自然是江南日暮的雪景。"寒沙梅影路，微雪酒香村"，則雪月梅的冬宵三友，會合在一道，在調戲酒姑娘了。"柴門村犬吠，風雪夜歸人"，是江南雪夜，更深人靜後的景況。"前樹深雪裏，昨夜一枝開"又到了第二天的早晨，和狗一樣喜歡弄雪的村童來報告村景了。詩人的詩句，也許不盡是在江南所寫，而做這幾句詩的詩人，也許不盡是江南人，但假了這幾句詩來描寫江南的雪景，豈不直截了當，比我這一枝愚劣的筆所寫的散文更美麗得多？

有幾年，在江南，在江南也許會沒有雨沒有雪地過一個冬，到了春間陰曆的正月底或二月初再冷一冷下一點春雪的；去年（一九三四）的冬天是如此，今年的冬天恐怕也不得不然，以節氣推算起來，大約大冷的日子，將在一九三六年的二月盡頭，最多也總不過是七八天的樣子。像這樣的冬天，鄉下人叫作旱冬，對於麥的收成或者好些，但是人口卻要受到損傷；旱得久了，白喉，流行性感冒等疾病自然容易上身，可是想恣意享受江南的冬景的人，在這一種冬天，倒只會得到快活一點，因為晴和的日子多了，上郊外去閒步逍遙的機會自然也多；日本人叫作Hiking，德國人叫作Spaziergang狂者，所最歡迎的也就是這樣的冬天。

窗外的天氣晴朗得像晚秋一樣；晴空的高爽，日光的洋溢，引誘得使你在房間裏坐不住，空言不如實踐，這一種無聊的雜文，我也不再想寫下去了，還是拿起手杖，擱下紙筆，上湖上散散步罷！

〔本篇作於 1935 年 12 月 1 日，原載 1936 年 1 月 1 日《文學》第 6 卷第 1 號〕

江南冬景。　　"太陽一上屋簷，鳥雀便又在吱叫，泥地裏便又放出水蒸氣來……"

釣台

去桐廬縣城二十餘里，桐廬去富陽縣治九十里不足，自富陽溯江而上，坐小火輪三小時可達桐廬，再上則須坐帆船了。……

漁歸。　　“更縱目向江心望去，富春江兩岸的船上和桐溪口停泊着的船尾船頭，也看得出一點一點的火來。”

釣台的春畫

桐廬城。　江水如練，城郭儼然，景色自然。

因為近在咫尺，以為什麼時候要去就可以去，我們對於本鄉本土的名區勝景，反而往往沒有機會去玩，或不容易下一個決心去玩的。正唯其是如此，我對於富春江上的嚴陵，二十年來，心裏雖每在記着，但腳卻沒有向這一方面走過。一九三一，歲在辛未，暮春三月，春服未成，而中央黨帝，似乎又想玩一個秦始皇所玩過的把戲了，我接到了警告，就倉皇離去了寓居。先在江浙附近的窮鄉裏，遊息了幾天，偶爾看見了一家掃墓的行舟，鄉愁一動，就定下了歸計。繞了一個大彎，趕到故鄉，卻正好還在清明寒食的節前。和家人等去上了幾處墳，與許久不曾見過面的親戚朋友，來往熱鬧了幾天，一種鄉居的倦怠，忽而襲上心來了，於是乎我就決心上釣魚台訪一訪嚴子陵的幽居。

釣台去桐廬縣城二十餘里，桐廬去富陽縣治九十不足，自富陽溯江而上，坐小火輪三小時可達桐廬，再上則須坐帆船了。

我去的那一天，記得是陰晴欲雨的養花天，並且係坐晚班輪去的，船到桐廬，已經是燈火微明的黃昏時候了，不得已就只得在碼頭近邊的一家旅館的樓上借了一宵宿。

　　桐廬縣城，大約有三里路長，三千多煙灶，一二萬居民，地在富春江西北岸，從前是皖浙交通的要道，現在杭江鐵路一開，似乎沒有一二十年前的繁華熱鬧了。尤其要使旅客感到蕭條的，卻是桐君山腳下的那一隊花船的失去了蹤影。說起桐君山，卻是桐廬縣的一個接近城市的靈山勝地，山雖不高，但因有仙，自然是靈了。以形勢來論，這桐君山，也的確是可以產生出許多口音生硬，別具風韻的桐嚴嫂來的生龍活脈。地處在桐溪東岸，正當桐溪和富春江合流之所，依依一水，西岸便瞰視着桐廬縣市的人家煙樹。南面對江，便是十里長洲；唐詩人方幹的故居，就在這十里桐洲九里花的花田深處。向西越過桐廬縣城，更遙遙對着一排高低不定的青巒，這就是富春山的山子山孫了。東北面山下，是一片桑麻沃地，有一條長蛇似的官道，隱而復現，出沒盤曲在桃花楊柳洋槐榆樹的中間，繞過一支小嶺，便是富陽縣的境界，大約去程明道的墓地，程墳，總也不過一二十里地的間隔。我的去拜謁桐君，瞻仰道觀，就在那一天到桐廬的晚上，是淡雲微月，正在作雨的時候。

　　魚梁渡頭，因為夜渡無人，渡船停在東岸的桐君山下。我從旅館踱了出來，先在離輪埠不遠的渡口停立了幾分鐘。後來向一位來渡口洗夜飯米的年輕少婦，弓身請問了一回，才得到了渡江的秘訣。她說：「你只須高喊兩三聲，船自會來的。」先謝了她教我的好意，然後以兩手圍成了播音的喇叭，「喂，喂，渡船請搖過來！」地縱聲一喊，果然在半江的黑影當中，船身搖動了。漸搖漸近，五分鐘後，我在渡口，卻終於聽出了咿呀柔櫓的聲音。時間似乎已經入了酉時的下刻，小市裏的群動，這時候都已經靜息，自從渡口的那位少婦，在微茫的夜色裏，藏去了她那張白團團的面影之後，我獨立在江邊，不知不覺心裏頭卻兀自感到了一種他鄉日暮的悲哀。渡船到岸，船頭上起了幾聲微微的水浪清音，又銅東的一響，我早已跳上了船，渡船也已經掉過頭來了。坐在黑影沉沉的艙裏，我起先只在靜聽着柔櫓划水的聲音，然後卻在黑影裏看出了一星船家在吸着的長煙管頭上的煙火，最後因為被沉默壓迫不過，我只好開口說

（左）**富春江。** 　江流瀠洄，白帆點點，景色秀麗。
（右）**春江漁婦。** 　"催好了一隻雙槳的漁舟，買就了些酒菜魚米……輕輕向江心搖出去……東
方的雲幕中間，已現出了幾絲紅暈。"

話了："船家！你這樣的渡我過去，該給你幾個船錢？"我問。"隨你先生把
幾個就是。"船家的說話冗慢幽長，似乎已經帶着些睡意了，我就向袋裏摸出
了兩角錢來。"這兩角錢，就算是我的渡船錢，請你候我一會，上山去燒一次
夜香，我是依舊要渡過江來的。"船家的回答，只是恩恩烏烏，幽幽同牛叫似
的一種鼻音，然而從繼這鼻音而起的兩三聲輕快的咳聲聽來，他卻似已經在感
到滿足了，因為我也知道，鄉間的義渡，船錢最多也不過是兩三枚銅子而已。

　　到了桐君山下，在山影和樹影交掩着的崎嶇道上，我上岸走不上幾步，就
被一塊亂石絆倒，滑跌了一次。船家似乎也動了惻隱之心了，一句話也不發，
跑將上來，他卻突然交給了我一盒火柴。我於感謝了一番他的盛意之後，重整
步武，再摸上山去，先是必須點一支火柴走三五步路的，但到得半山，路既就
了規律，而微雲堆裏的半規月色，也矇矓地現出一痕銀線來了，所以手裏還存
着的半盒火柴，就被我藏入了袋裏。路是從山的西北，盤曲而上，漸走漸高，
半山一到，天也開朗了一點，桐廬縣市上的燈火，也星星可數了。更縱目向江

石牌坊。 造型古樸，雕刻精細。著名書法家、佛學家趙樸初題寫牌坊名。

心望去，富春江兩岸的船上和桐溪合流口停泊着的船尾船頭，也看得出　點點的火來。走過半山，桐君觀裏的晚禱鐘鼓，似乎還沒有息盡，耳朵裏彷彿聽見了幾絲木魚鉦鈸的殘聲。走上山頂，先在半途遇着了一道道觀外圍的女牆，這女牆的柵門，卻已經掩上了。在柵門外徘徊了一刻，覺得已經到了此門而不進去，終於是不能滿足我這一次暗夜冒險的好奇怪癖的。所以細想了幾次，還是決心進去，非進去不可，輕輕用手往裏面一推，柵門卻呀的一聲，早已退向了後方開開了，這門原來是虛掩在那裏的。進了柵門，踏着為淡月所映照的石砌平路，向東向南的前走了五六十步，居然走到了道觀的大門之外，這兩扇朱紅漆的大門，不消說是緊閉在那裏的。到了此地，我卻不想再破門進去了，因為這大門是朝南向着大江開的，門外頭是一條一丈來寬的石砌步道，步道的一旁是道觀的牆，一旁便是山坡，靠山坡的一面，並且還有一道二尺來高的石牆築在那裏，大約是代替欄杆，防人傾跌下山去的用意，石牆之上，鋪的是二三尺寬的青石，在這似石欄又似石凳的牆上，盡可以坐臥遊息，飽看桐江和對岸的風景，就是在這裏坐它一晚，也很可以，我又何必去打開門來，驚起那些老道的惡夢呢！

　　空曠的天空裏，流漲着的只是些灰白的雲，雲層缺處，原也看得出半角的
天，和一點兩點的星，但看起來最饒風趣的，卻仍是欲藏還露，將見仍無的那
半規月影。這時候江面上似乎起了風，雲腳的遷移，更來得迅速了，而低頭向
江心一看，幾多散亂着的船裏的燈光，也忽明忽滅地變換了一變換位置。

　　這道觀大門外的景色，真神奇極了。我當十幾年前，在放浪的遊程裏，曾
向瓜州京口一帶，消磨過不少的時日。那時覺得果然名不虛傳的，確是甘露寺外
的江山，而現在到了桐廬，昏夜上這桐君山來一看，又覺得這江山之秀而且靜，
風景的整而不散，卻非那天下第一江山的北固山所可與比擬的了。真也難怪得嚴
子陵，難怪得戴徵士，倘使我若能在這樣的地方結屋讀書，以養天年，那還要什
麼的高官厚祿，還要什麼的浮名虛譽哩？一個人在這桐君觀前的石凳上，看看

中國畫壇一代宗師、現代漫畫先驅者葉淺予晚年寄居處。院外風篁夾道，古木盤空，景物各不
相同。

山，看看水，看看城中的燈火和天上的星雲，更做做浩無邊際的無聊的幻夢，我竟忘記了時刻，忘記了自身，直等到隔江的擊柝聲傳來，向西一看，忽而覺得城中的燈影微茫地減了，才跑也似地走下了山來，渡江奔回了客舍。

第二日侵晨，覺得昨天在桐君觀前做過的殘夢正還沒有續完的時候，窗外面忽而傳來了一陣吹角的聲音。好夢雖被打破，但因這同吹篳篥似的商音哀咽，卻很含着些荒涼的古意，並且曉風殘月，楊柳岸邊，也正好候船待發，上嚴陵去；所以心裏雖懷着了些兒怨恨，但臉上卻只現出一痕微笑，起來梳洗更衣，叫茶房去僱船去。僱好了一隻雙槳的漁舟，買就了些酒菜魚米，就在旅館前面的碼頭上上了船，輕輕向江心搖出去的時候，東方的雲幕中間，已現出了幾絲紅暈，有八點多鐘了。舟師急得利害，只在埋怨旅館的茶房，為什麼昨晚上不預先告訴，好早一點出發。因為此去就是七里灘頭，無風七里，有風七十里，上釣台去玩一趟回來，路程雖則有限，但這幾日風雨無常，說不定要走夜路，才回來得了的。

過了桐廬，江心狹窄，淺灘果然多起來了。路上遇着的來往的行舟，數目也是很少，因為早晨吹的角，就是往建德去的快班船的信號，快班船一開，來往於兩岸之間的船就不十分多了。兩岸全是青青的山，中間是一條清淺的水，有時候過一個沙洲，洲上的桃花菜花，還有許多不曉得名字的白色的花，正在喧鬧着春暮，吸引着蜂蝶。我在船頭上一口一口地喝着嚴東關的藥酒，指東話西地問着船家，這是什麼山，那是什麼港，驚歡了半天，稱頌了半天，人也覺得倦了，不曉得什麼時候，身子卻走上了一家水邊的酒樓，在和數年不見的幾位已經做了黨官的朋友高談闊論。談論之餘，還背誦了一首兩三年前曾在同一的情形之下做成的歪詩：「不是尊前愛惜身，佯狂難免假成真，曾因酒醉鞭名馬，生怕情多累美人。劫數東南天作孽，雞鳴風雨海揚塵，悲歌痛哭終何補，義士紛紛說帝秦。」

直到盛筵將散，我酒也不想再喝了，和幾位朋友鬧得心裏各自難堪，連對旁邊坐着的兩位陪酒的名花都不願意開口。正在這上下不得的苦悶關頭，船家卻大聲地叫了起來說：

「先生，羅芷過了，釣台就在前面，你醒醒罷，好上山去燒飯吃去。」

擦擦眼睛，整了一整衣服，抬起頭來一看，四面的水光山色又忽而變了樣子了。清清的一條淺水，比前又窄了幾分，四圍的山包得格外的緊了，彷彿是前無去路的樣子。並且山容峻削，看去覺得格外的瘦格外的高。向天上地下四圍看看，只寂寂的看不見一個人類。雙槳的搖響，到此似乎也不敢放肆了，鈎的一聲過後，要好半天才來一個幽幽的回響，靜，靜，靜，身邊水上，山下岩頭，只沉浸着太古的靜，死滅的靜，山峽裏連飛鳥的影子也看不見半隻。前面的所謂釣台山上，只看得見兩大個石壘，一間歪斜的亭子，許多縱橫蕪雜的草

嚴子陵釣台山門。

木。山腰裏的那座祠堂，也只露着些廢垣殘瓦，屋上面連炊煙都沒有一絲半縷，像是好久好久沒有人住了的樣子。並且天氣又來得陰森，早晨曾經露一露臉過的太陽，這時候早已深藏在雲堆裏了，餘下來的只是時有時無從側面吹來的陰颼颼的半箭兒山風。船靠了山腳，跟着前面背着酒菜魚米的船夫走上嚴先生祠堂的時候，我心裏真有點害怕，怕在這荒山裏要遇見一個乾枯蒼老得同絲瓜筋似的嚴先生的鬼魂。

在祠堂西院的客廳裏坐定，和嚴先生的不知第幾代的裔孫談了幾句關於年歲水旱的話後，我的心跳也漸漸兒的鎮靜下去了，囑託了他以煮飯燒菜的雜務，我和船家就從斷碑亂石中間爬上了釣台。

(左) **嚴先生祠。** 自北宋中期大政治家、文學家范仲淹主持興建以來，已重建十七次。
(右) **桐君白塔。** 登桐君山極目四望，富春江四時煙雨景色盡收眼底。

客星亭。 宋代顏為興建，明代改建，位於嚴先生祠西側。歇亭眺望春江，綠山悠悠，船舟點點。

　　東西兩石壘，高各有二三百尺，離江面約兩里來遠，東西台相去只有一二百步，但其間卻夾着一條深谷。立在東台，可以看得出羅芷的人家，回頭展望來路，風景似乎散漫一點，而一上謝氏的西台，向西望去，則幽谷裏的清景，卻絕對的不像是在人間了。我雖則沒有到過瑞士，但到了西台，朝西一看，立時就想起了曾在照片上看見過的威廉退兒的祠堂。這四山的幽靜，這江水的青藍，簡直同在畫片上的珂羅版色彩，一色也沒有兩樣，所不同的就是在這兒的變化更多一點，周圍的環境更蕪雜不整齊一點而已，但這卻是好處，這正是足以代表東方民族性的頹廢荒涼的美。

　　從釣台下來，回到嚴先生的祠堂——記得這是洪楊以後嚴州知府戴槃重建的祠堂——西院裏飽啖了一頓酒肉，我覺得有點酩酊微醉了。手拿着以火柴柄製成的牙籤，走到東面供着嚴先生神像的龕前，向四面的破壁上一看，翠墨淋漓，題在那裏的，竟多是些俗而不雅的過路高官的手筆。最後到了南面的一塊白牆頭上，在離屋檐不遠的一角高處，卻看到了我們的一位新近去世的同鄉夏靈峰先生的四句似邵堯夫而又略帶感慨的詩句。夏靈峰先生雖則只知崇古，不善處今，但是五十年來，像他那樣的頑固自尊的亡清遺老，也的確是沒有第二個人。比較起現在的那些官迷的南滿尚書和東洋宦婢來，他的經術言行，姑且不必去論它，就是以骨頭來稱稱，我想也要比什麼羅三郎鄭太郎輩，重到好幾百倍。慕賢的心一動，熏人臭技自然是難熬了，堆起了幾張桌椅，借得了一支破筆，我也向高牆上在夏靈峰先生的腳後放上了一個陳屁，就是在船艙的夢裏，也曾微吟過的那一首歪詩。

從牆頭上跳將下來，又向龕前天井去走了一圈，覺得酒後的乾喉，有點渴癢了，所以就又走回到了西院，靜坐着喝了兩碗清茶。在這四大無聲，只聽見我自己的啾啾喝水的舌音衝擊到那座破院的敗壁上去的寂靜中間，同驚雷似地一響，院後的竹園裏卻忽而飛出了一聲悶長而又有節奏似的雞啼的聲來。同時在門外面歇着的船家，也走進了院門，高聲地對我說：

"先生，我們回去罷，已經是吃點心的時候了，你不聽見那隻雞在後山啼麼？我們回去罷！"

〔本篇 1932 年 8 月作於上海，

原載 1932 年 9 月 16 日《論語》第一期〕

西湖柳浪聞鶯。　煙花三月，春風輕拂，柳絲搖曳，鶯啼
恰恰。

野景　正妍，除白桃花，菜花，棋盤花外，田野裏只

一片嫩綠，淺淡尚帶鵝黃，……

移家瑣記

一

"流水不腐"，這是中國人的俗話，"Stagnat Pond"，這是外國人形容固定的頹毀狀態的一個名詞。在一處羈住久了，精神上習慣上，自然會生出許多霉爛的斑點來。更何況洋場米貴，狹巷人多，以我這一個窮漢，夾雜在三百六十萬上海市民的中間，非但汽車，洋房，跳舞，美酒等文明的洪福享受不到，就連吸一口新鮮空氣，也得走十幾里路。移家的心願，早就有了；這一回卻因朋友之介，偶爾在杭城東隅租着一所適當的閒房，籌謀計算，也張羅攏了二三百塊洋錢，於是這很不容易成就的戔戔私願，竟也貓貓虎虎地實現了。小人無大志，蝸角亦乾坤，觸蠻鼎定，先讓我來謝天謝地。

盛開的油菜花，黃成了一片。

搬來的那一天，是春雨霏微的星期二的早上，為計時日的正確，只好把一段日記抄在下面：

一九三三年四月廿五（陰曆四月初一），星期二。晨，五點起床，窗外下着濛濛的時雨，料理行裝等件，趕赴北站，衣帽盡濕。攜女人兒子及一僕婦登車，在不斷的雨絲中，向西進發。野景正妍，除白桃花，菜花，棋盤花外，田野裏只一片嫩綠，淺淡尚帶鵝黃，此番因自上海移居杭州，故行李較多，視孟東野稍為富有，沿途上落，被無產同胞的搬運夫，敲刮去了不少。午後一點到杭州城站，雨勢正盛，在車上蒸乾之衣帽，又涔涔濕矣。

新居在浙江圖書館側面的一堆土山旁邊，雖只東倒西斜的三間舊屋，但比起上海的一樓一底的弄堂洋房來，究竟寬敞得多了，所以一到寓居，就開始做室內裝飾的工作。沙發是沒有的，鏡屏是沒有的，紅木器具，壁畫紗燈，一概沒有。幾張板桌，一架舊書，在上海時，塞來塞去，只覺得沒地方塞的這些破銅爛鐵，一到了杭州，向三間連通的矮廳上一擺，看起來竟空空洞洞，像煞是滄海中間的幾顆粟米了。最後裝上壁去的，卻是上海八雲裝飾設計公司送我的一塊石膏圓面。塑製者是江山徐葆藍氏，面上刻出的是聖經裏馬利馬格大倫的故事。看來看去，在我這間黝暗矮闊的大廳擺設之中，覺得有一點生氣的，就只是這一塊同深山白雪似的小小的石膏。

二

向晚雨歇，電燈來了。燈光灰暗不明，問先搬來此地住的王母以"何不用個亮一點的燈球"？方才知道朝市而今雖不是秦，但杭州一隅，也決不是世外的桃源，這樣要捐，那樣要稅，居民的負擔，簡直比世界哪一國的首都，都加重了；即以電燈一項來說，每一個字，在最近也無法地加上了好幾成的特捐。"烽火滿天殍滿地，儒生何處可逃秦？"這是幾年前做過的疊秦韻的兩句山歌，我聽了這些話後，嘴上雖則不唸出來，但心裏卻也私地轉想了好幾次。腹

三月桃花。　"野景正妍，除白桃花，菜花，棋盤花外，田野裏只一片嫩綠，淺淡尚帶鵝黃……"

郁達夫杭州舊居側院的書房。

誹若要加刑，則我這一篇瑣記，又是自己招認的供狀了，罪過罪過。

　　三更人靜，門外的巷裏忽傳來了些篤篤篤篤的敲小竹梆的哀音。問是什麼？說是賣餛飩圓子的小販營生。往年這些擔頭很少，現在卻冷街僻巷，都有人來賣到天明了，百業的凋敝，城市的蕭條，這總也是民不聊生的一點點的實證罷？

　　新居落寞，第一晚睡在床上，翻來覆去，總睡不着覺。夜半挑燈，就只好拿出一本新出版的《兩地書》來細讀。有一位批評家說，作者的私記，我們沒有閱讀的義務。當時我對這話，倒也佩服得五體投地，所以書店來要我出書簡集的時候，我就堅決地謝絕了，並且還想將一本為無錢過活之故而拿去出賣的日記都教他們毀版，以為這些東西，是只好於死後，讓他人來替我印行的；但這次將魯迅先生和密斯許的書簡集來一讀，則非但對那位批評家的信念完全失掉，並且還在這一部兩人的私記裏，看出了許多許多平時不容易看到的社會黑暗面來。至如魯迅先生的詼諧憤俗的氣概，許女士的誠實莊嚴的風度，還是在長書短簡裏自然流露的餘音，由我們熟悉他們的人看來，當然更是味中有味，言外有情，可以不必提起，我想就是絕對不認識他們的人，讀了這書至少也可以得到幾多的教訓，私記私記，義務云乎哉？

從半夜讀到天明，將這《兩地書》讀完之後，已經覺得愈興奮了，六點敲過，就率性走到樓下去洗了一洗手臉，換了一身衣服，踏出大門，打算去把這杭城東隅的侵晨朝景，看它一個明白。

三

夜來的雨，是完全止住了，可是外貌像馬加彈姆式的沙石馬路上，還滿漲着淤泥，天上也還浮罩着一層明灰的雲幕。路上行人稀少，老遠老遠，只看得見一部慢慢在向前拖走的人力車的後形。從狹巷裏轉出東街，兩旁的店家，也只開了一半，連挑了菜在沿街趕早市的農民，都像是沒有灌氣的橡皮玩具。四周一看，蕭條復蕭條，衰落又衰落……

一個人在大街上踱着想着，我的腳步卻於不知不覺的中間，開了倒車，幾個彎兒一繞，竟又將我自己的身體，搬到了大學近旁的一條路上來了。向前面看過去，又是一堆土山。山下是平平的泥路和淺淺的池塘。這附近一帶，我兒時原也來過的。二十幾年前

郁達夫杭州舊居。　距浙江圖書館舊址百米，今為小營派出所（警署）所在地。

頭，我有一位親戚曾在報國寺裏當過軍官，更有一位哥哥，曾在陸軍小學堂裏當過學生。既然已經回到了寓居的附近，那就爬上山去看它一看吧，好在一晚沒有睡覺，頭腦還有點兒糊塗，登高望望四境，也未始不是一帖清涼的妙藥。

天氣也漸漸開朗起來了，東南半角，居然已經露出了幾點青天和一絲白日。土山雖則不高，但眺望倒也不壞。湖上的群山，環繞在西北的一帶，再北是空間，更北是湖州境內的發樣的青山了。東面迢迢，看得見的，是臨平山，皋亭山，黃鶴山之類的連峰疊嶂。再偏東北行，大約是唐棲上的超山山影，看去雖則不遠，但走走怕也有半日好走哩。在土山上環視了一周，由遠及近，用大量觀察法來一算，我才明白了這附近的地理。原來我那新寓，是在軍裝局的北方，而三面的土山，係遙接着城牆，圍繞在軍裝局的匡外的。怪不得今天破曉的時候，還聽見了一陣喇叭的吹唱，怪不得走出新寓的時候，還看見了一名荷槍直立的守衛士兵。

"好得很！好得很！……"我心裏在想，"前有圖書，後有武庫，文武之道，備於此矣！"我心裏雖在這樣的自作有趣，但一種沒落的感覺，一種不能再在大都會裏插足的哀思，竟漸漸地漸漸地溶浸了我的全身。

〔本篇原載 1933 年 5 月 4 日至 6 日《申報》，收入本書，有刪節〕

西湖的初夏。　紅了櫻桃，綠了芭蕉。

杭州的廢曆八月，也是一個極熱鬧的月份。自七月半起，

就有桂花栗子上市了，……

杭州的八月

杭州的廢曆八月，也是一個極熱鬧的月份。自七月半起，就有桂花栗子上市了，一入八月，栗子更多，而滿覺隴南高峰翁家山一帶的桂花，更開得來香氣醉人。八月之名桂月，要身入到滿覺隴去過一次後，才領會得到這名字的相稱。

除了這八月裏的桂花，和中國一般的八月半的中秋佳節之外，在杭州還有一個八月十八的錢塘江的潮汛。

錢塘的秋潮，老早就有名了，傳說就以為是吳王夫差殺伍子胥沉之於江，

八月十八的錢塘江觀潮。　風起於唐而盛於宋，最好的觀潮點在海寧縣鹽官鎮一帶。

儺舞表演──祭海神。 儺戲、儺舞源於鄉間宗教文化，主旨祈福納祥、風調雨順、國泰民安。

子胥不平，鬼在作怪之故。《論衡》裏有一段文章，駁斥這事，說得很有理由："儒書言，'吳王夫差殺伍子胥，煮之於鑊，盛於囊，投之於江，子胥恚恨，臨水為濤，溺殺人。'夫言吳王殺伍子胥，投之於江，實也，言其恨恚，臨水為濤者，虛也。且衛菹子路，而漢烹彭越，子胥勇猛，不過子路彭越，然二子不能發怒於鼎鑊之中，子胥亦然，自先入鼎鑊，後乃入江，在鑊之時其神豈怯而勇於江水哉？何其怒氣前後不相副也？"可是《論衡》的理由雖則充足，但傳說的力量，究竟十分偉大，至今不但是錢塘江頭，就是廬州城內泲河岸邊，以及江蘇福建等濱海傍湖之處，仍舊還看得見塑着白馬素車的伍大夫廟。

錢塘江的潮，在古代一定比現時還要來得大。這從高僧傳唐靈隱寺釋寶達，誦咒咒之，江潮方不至激射潮上諸山的一點，以及南宋高宗看潮，只在江干候潮門外搭高台的一點看來，就可以明白。現在則非要東去海寧，或五堡八堡，才看得見銀海潮頭一線來了。這事情從阮元的《擘經室集‧浙江圖考》裏，也可以看得到一些理由，而江身沙漲，總之是潮不遠上的一個最大原因。

還有梁開平四年，錢武肅王為築捍海塘，而命強弩數百射濤頭，也只在候潮通江門外。至今海寧江邊一帶的鐵牛鎮鑄，顯然是師武肅王的遺意，後人造作的東西。（我記得鐵牛鑄成的年份，是在清順治年間，牛身上印在那裏的文字，還隱約辨得出來。）

滄桑的變革，實在利害得很，可是杭州的住民，直到現在，在靠這一次秋潮而發點小財，做些買賣的，為數卻還不少哩！

〔本篇原載 1933 年 9 月 27 日《申報》〕

鹽官鎮明代占鼇塔。

西湖春曉。　　"水光瀲灩晴方好，山色空濛雨亦奇。"

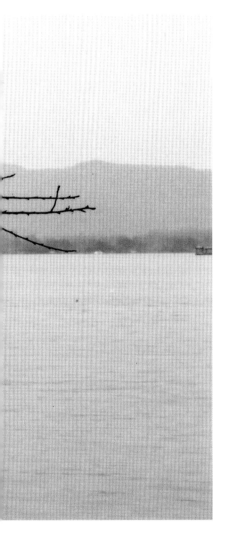

西北

風未起，蟹也不曾肥，我原曉得蘆花總還沒有白，前兩星期，源寧

來看了西湖，說他倒覺得有點失望，因為湖光山色……

西溪的晴雨

西北風未起，蟹也不曾肥，我原曉得蘆花總還沒有白，前兩星期，源寧來看了西湖，說他倒覺得有點失望，因為湖光山色，太整齊，太小巧，不夠味兒，他開來的一張節目上，原有西溪的一項；恰巧第二天又下了微雨，秋原和我就主張微雨裏下西溪，好教源寧去嘗一嘗這西湖近旁的野趣。

天色是陰陰漠漠的一層，濕風吹來，有點兒冷，也有點兒香，香的是野草花的氣息。車過方井旁邊，自然又下車來，去看了一下那座天主聖教修士們的古墓。從墓門望進去，只是黑沉沉，冷冰冰的一個大洞，什麼也看不見，鼻子裏卻聞吸到了一種霉灰的陰氣。

把鼻子掀了兩掀，聳了一聳肩膀，大家都說，可惜忘記帶了電筒，但在下意識裏，自然也有一種恐怖，不安，和畏縮的心意，在那裏作惡，直到了花塢的溪旁，走

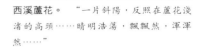
西溪蘆花。 "一片斜陽，反照在蘆花淺渚的高頭……晴明浩蕩，飄飄然，渾渾然……"

嫵媚勻稱的西湖公園。 無論春夏秋冬，無論明晦晨昏，都各具情趣。

進窗明几淨的靜蓮庵（？）堂去坐下，喝了兩碗清茶，這一些鬼胎，方才洗滌了個空空脫脫。

遊西溪，本來是以松木場下船，帶了酒盒行廚，慢慢兒地向西搖去為正宗。像我們那麼高坐了汽車，飛鳴而過古蕩，東嶽，一個鐘頭要走百來里路的旅客，終於是難度的俗物，但是俗物也有俗益，你若坐在汽車座裏，引頸而向西向北一望，直到湖州，只見一派空明，遙蓋在淡綠成陰的斜平海上；這中間不見水，不見山，當然也不見人，只是渺渺茫茫，青青綠綠，遠無岸，近亦無田園村落的一個大斜坡，過秦亭山後，一直到留下為止的那一條沿山大道上的景色，好處就在這裏，尤其是當微雨濛濛，江南草長的春或秋的半中間。

從留下下船，迴環曲折，一路向西向北，只在蘆花淺水裏打圈圈；圓橋茅舍，桑樹蓼花，是本地的風光，還不足道；最古怪的，是剩在背後的一帶湖上的青山，不知不覺，忽而又會得移上你的面前來，和你點一點頭，又匆匆地別了。

搖船的少女，也總好算是西溪的一景；一個站在船尾把搖櫓，一個坐在船頭上使槳，身體一伸一俯，一往一來，和櫓聲的咿呀，水波的起落，湊合成一大又圓又曲的進行軟調；遊人到此，自然會想起瘦西湖邊，竹西歌吹的閒情，而源寧昨天在漪園月下老人祠裏求得的那枝靈籤，彷彿是完全的應了，籤詩的語文，是《庸風桑中》章末後的三句，叫作"期我乎桑中，要我乎上宮，送我乎淇之上矣"。

此後便到了交蘆庵，上了彈指樓，因為是在雨裏，帶水拖泥，終於也感不到什麼的大趣，但這一天向晚回來，在湖濱酒樓上放談之下，源寧卻一本正經地說："今天的西溪，卻比昨日的西湖要好三倍。"

前天星期假日，日暖風和，並且在報上也曾看到了蘆花怒放的消息；午後日斜，老龍夫婦，又來約去西溪，去的時候，太晚了一點，所以只在秋雪庵的彈指樓上，消磨了半日之半。一片斜陽，反照在蘆花淺渚的高頭，花也並未怒放，樹葉也不曾凋落，原不見秋，更不見雪，只是一味的晴明浩蕩，飄飄然，渾渾然，洞貫了我們的腸腑，老僧無相，燒了麵，泡了茶，更送來了酒，末後還拿出了紙和墨，我們看看日影下的北高峰，看看庵旁邊的蘆花蕩，就問無相，花要幾時才能全白？老僧操着緩慢的楚國口音，微笑着説："總要到陰曆十月的中間；若有月亮，更為出色。"説後，還提出了一個交換的條件，要我們到那時候，再去一玩，他當預備些精饌相待，聊當作潤筆，可是今天的字，卻非寫不可，老龍寫了"一劍橫飛破六合，萬家憔悴哭三吳"的十四個字，我也附和着抄了一副不知在哪裏見過的聯語："春夢有時來枕畔，夕陽依舊上簾鈎。"

喝得酒醉醺醺，走下樓來，小河裏起了晚煙，船中間滿載了黑暗，龍婦又逸興遄飛，不知上哪裏去摸出了一枝洞簫來吹着。"其聲嗚嗚然，如怨如慕，如泣如訴，餘音嫋嫋，不絕如縷"，倒真有點像是七月既望，和東坡在赤壁的夜遊。

〔本篇作於 1935 年 10 月 22 日，原載 1935 年 10 月 24 日《東南日報》〕

西湖休閒茶吧門前的幌子。

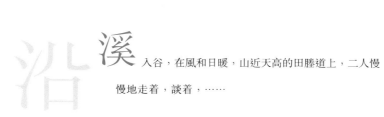

沿溪入谷，在風和日暖，山近天高的田塍道上，二人慢慢地走着，談着，……

半日的遊程

龍井問茶。　　龍井茶以色翠、香郁、味醇、形美而着稱於世。

　　去年有一天秋晴的午後，我因為天氣實在好不過，所以就擱下了當時
正在趕着寫的一篇短篇的筆，從湖上坐汽車馳上了江干。在兒時習熟的海月
橋、花牌樓等處閒走了一陣，看看青天，看看江岸，覺得一個人有點寂寞起來
了，索性就朝西的直上，一口氣便走到了二十幾年前曾在那裏度過半年學生生
活的之江大學的山中。二十年的時間的印迹，居然處處都顯示了面形：從前的
一片荒山，幾條泥路，與夫亂石幽溪，草房藩溷，現在都看不見了。尤其要使
人感覺到我老何堪的，是在山道兩旁的那一排青青的不凋冬樹；當時只同豆苗
似的幾根小小的樹秧，現在竟長成了可以遮蔽風雨，可以掩障烈日的長林。不
消說，山腰的平處，這裏那裏，一所所的輕巧而經濟的住宅，也添造了許多；
像在畫裏似的附近山川的大致，雖仍依舊，但校址的周圍，變化卻竟簇生了不
少。第一，從前在大禮堂前的那一絲空地，本來是下臨絕谷的半邊山道，現在
卻已將面前的深谷填平，變成了一大球場。大禮堂西北的略高之處，本來足有

幾枝被朔風摧折得彎腰屈背的老樹孤立在那裏的，現在卻建築起了三層的圖書文庫了。二十年的歲月！三千六百日的兩倍的七千二百的日子！以這一短短的時節，來比起天地的悠長來，原不過是像白駒的過隙，但是時間的威力，究竟是絕對的暴君，曾日月之幾何，我這一個本在這些荒山野徑裏馳騁過的毛頭小子，現在也竟垂垂老了。

　　一路上走着看着，又微微地歎着，自山的腳下，走上中腰，我竟費去了三十來分鐘的時刻。半山裏是一排教員的住宅，我的此來，原因為在湖上在江干孤獨得怕了，想來找一位既是同鄉，又是同學，而自美國回來之後就在這母校裏服務的胡君，和他來談談過去，賞賞清秋，並且也可以由他這裏來探到一點故鄉的消息的。

（下）林中悠閒，賞賞清秋。

（右頁左）爭泉。　　探尋古泉奧秘，添增文化內涵。

（右頁右）九溪煙樹。　　山谷風光樸實自然，清代有詩曰："重重疊疊山，曲曲環環路，丁丁東東泉，高高下下樹。"

　　兩個人本來是上下年紀的小學校的同學，雖然在這二十幾年中見面的機會不多，但或當暑假，或在異鄉，偶爾遇着的時候，卻也有一段不能自己的柔情，油然會生起在各個的胸中。我的這一回的突然的襲擊，原也不過是想使他驚駭一下，用以加增加增親熱的效力的企圖；升堂一見，他果然是被我駭倒了。

　　"哦！真難得！你是幾時上杭州來的？"他驚笑着問我。

　　"來了已經多日了，我因為想靜靜兒地寫一點東西，所以朋友們都還沒有去看過。今天實在天氣太好了，在家裏坐不住，因而一口氣就跑到了這裏。"

　　"好極！好極！我也正在打算出去走走，就同你一道上溪口去吃茶去罷，沿錢塘江到溪口去的一路的風景，實在是不錯！"

　　沿溪入谷，在風和日暖，山近天高的田塍道上，二人慢慢地走着，談着，走到九溪十八澗的口上的時候，太陽已經斜到了去山不過丈來高的地位了。在溪房的石條上坐落，等茶莊裏的老翁去起茶煮水的中間，向青翠還像初春似的四山一看，我的心坎裏不知怎麼，竟充滿了一股說不出的颯爽的清氣。兩人在路上，說話原已經說得很多了，所以一到茶莊，都不想再說下去，只瞪目坐着，在看四周的山和腳下的水，忽而嘘朔朔朔的一聲，在半天裏，晴空中一隻飛鷹，像霹靂似的叫過了，兩山的回音，更繚繞地震動了許多時。我們兩人頭也不仰起來，只豎起耳朵，在靜聽着這鷹聲的響過。回響過後，兩人不期而遇地將視線湊集了攏來，更同時破顏發了一臉微笑，也同時不謀而合地叫了出來說：

"真靜啊！"

"真靜啊！"

等老翁將一壺茶搬來，也

林間小徑。　"沿溪入谷，在風和日暖，山近天高的田塍道上，二人慢慢地走着，談着……"

在我們邊上的石條上坐下，和我們攀談了幾句之後，我才開始問他說：

"久住在這樣寂靜的山中，山前山後，一個人也沒有得看見，你們倒也不覺得怕的麼？"

"怕啥東西？我們又沒有龍連（錢），強盜綁匪，難道肯到孤老院裏來討飯吃的麼？並且春三二月，外國清明，這裏的遊客，一天也有好幾千。冷清的，就只不過這幾個月。"

我們一面喝着清茶，一面只在貪味着這陰森得同太古似的山中的寂靜，不知不覺，竟把擺在桌上的四碟糕點都吃完了，老翁看了我們的食欲的旺盛，就又推薦着他們自造的西湖藕粉和桂花糖說：

"我們的出品，非但在本省口碑載道，就是外省，也常有信來郵購的，兩位先生沖一碗嚐嚐看如何？"

大約是山中的清氣，和十幾里路的步行的結果罷，那一碗看起來似鼻涕，吃起來似泥沙的藕粉，竟使我們嚼出了一種意外的鮮味。等那壺龍井芽茶，沖得已無茶味，而我身邊帶着的一封絞盤牌也只剩了兩枝的時節，覺得今天足行得特別快的那輪秋日，早就在西面的峰旁躲去了。谷裏雖掩下了一天陰影，而對面東首的山頭，還映得金黃淺碧，似乎是山靈在預備去赴夜宴而鋪陳着濃裝的樣子。我昂起了頭，正在賞玩着這一幅以青山為背景的夕照的秋山，忽聽見耳旁的老翁以富有抑揚的杭州土音計算着賬說：

"一茶，四碟，二粉，五千文！"

我真覺得這一串話是有詩意極了，就回頭來叫了一聲說：

"老先生！你是在對課呢？還是在做詩？"

他倒驚了起來，張圓了兩眼呆視着問我：

"先生你說啥話語？"

"我說，你不是在對課麼？三竺六橋，九溪十八澗，你不是對上了'一茶四碟，二粉五千文'了麼？"

說到了這裏，他才搖動着鬍子，哈哈地大笑了起來，我們也一道笑了。付賬起身，向右走上了去理安寺的那條石砌小路，我們倆在山嘴將轉彎的時候，三人的呵呵呵呵的大笑的餘音，似乎還在那寂靜的山腰，寂靜的溪口，作不絕如縷的回響。

〔本篇作於 1932 年 5 月 21 日，原載 1933 年 6 月《良友》第 77 期〕

吳山

的好處，第一在它的近，第二在它的並不高。元時平章答剌

罕脫歡所甃的那數百級的石級，走走並不費力……

吳山天風。　千年古樟，迎送着南來北往的遊客。

城裏的吳山

不管是到過或沒有到過杭州的人，只須是受過幾年中學教育的，你倘若問他："杭州城裏有什麼大自然的好景？"他總會毫不思索地回你一聲"西湖"！其實西湖卻是在從前的杭州城外的，以其在杭城之西而得名。真正在杭州城裏的大觀，第一要推吳山（俗名城隍山）。

可是現在來杭州的遊客，大半總不加以注意；就是住在杭州的本地人，也一年之中去不得幾次，這才是奇事。我這一回來稱頌吳山，若說得僭一點，也

（上）吳山石刻。　"第一山"三字為宋代大書法家米芾手書。

（下）杭州第一山——吳山。　登高覽勝，左湖右江盡收眼底。山上怪石遍布，古木參天。

杭州吳山古樟，相伴八百年。

可以說是"我的杭州城的發見"，以效 My Discovery of London 之顰；不過吳山在辛亥革命以前，久已經是杭州唯一的遊賞之地，現在的發見，原也只是重翻舊賬而已。

吉祥石獸。

"吳山。春秋時為吳南界，以別於越，故曰吳山。或曰，以伍子胥故，訛伍為吳，故《郡志》亦稱胥山，在鎮海樓（即鼓樓）之右。蓋天目為杭州諸山之宗，翔舞而東，結局於鳳凰山，其支山左折，遂為吳山；派分西北，為寶月為娥眉，為竹園，稍南為石佛，為七寶，為金地，為瑞石，為寶蓮，為清平，總曰吳山。……"

這是田叔禾《西湖遊覽志》卷十二記南山城內勝迹中之關於吳山的記載。二十餘年前，杭州人說是出遊，總以這吳山為目的；腳力不繼的人，也要出吳山的腳下，上湧金門外三雅園等地方去喝茶，自辛亥革命以來，旗營全毀，城牆拆了，遊人就集中在湖濱，不再有上城隍山去消磨半日光陰的事情了。

吳山的好處，第一在它的近，第二在它的並不高。元時平章答剌罕脫歡所甃的那數百級的石級，走走並不費力。可是一到頂上，掉頭四顧，卻可以看得見滄海的日出，錢塘江江上的帆行，西興的煙樹，城裏的人家；西湖只像一面圓鏡，到城隍山上去俯看下來，卻不見得有趣，不見得嬌美了。還有一件吳山特有的好處，是這山上的的怪石的特多；你若從東面上山，一直的向南向西，沿嶺脊走去，在路上有十幾處可以看到這些神工鬼斧的奇巖怪石，假山疊不到這樣的巧，真山也決沒有這樣的秀，而襟江帶湖、碧天四匝、僧廬道院、畫閣雕欄、茂林修竹、塵市炊煙等景物，還是不足道的餘事。

還有一層，覺得現在的吳山，對於我，比從前更覺得有味的，是遊人的稀少。大約上吳山去的，總以春秋二季的燒香客為限；一般的遊人，尤其是老住在杭州的我所認識的許多朋友，平時決不會去的。鄉下的燒香客，在香市裏雖則擁擠不堪，可是因為我和他們並不相識，所以雖處在稠人廣眾之下，我還可以盡情地享受我的孤獨。

自遷到杭州來後，這城隍山的一角，仿佛是變了我的野外的情人；凡遇到胸懷悒鬱，工作倦頹，或風雨晦暝，氣候不正的時候，只消上山去走它半天，喝一碗茶兩杯酒，坐兩三個鐘頭，就可以恢復元氣，颯爽地回來，好像是洗了一個澡。去年元旦，曾支去登過，今年元旦，也照例的去；此外凡遇節期，以及稍稍閒空的當兒，就是心裏沒有什麼煩悶，也會獨自一個踱上山去，癡坐它半天。

前次語堂來杭，我陪他走了半天城隍山後，他也看出了這山的好處來了，我們還談到了集資買地，來造它一個俱樂部的事情。大約吳山卜築，事亦非難，只教有五千元錢，以一千元買地，四千元造屋，就可以成功了；不過可惜的，是幾處地點最好的地方，都已經被有錢有勢，不懂山水的人侵佔了去，我們若來，只能在南山之下，買幾方地，築數椽屋，處境不高，眺望也不能開暢，與山居的原意，小有不合而已。

不久之前，更有幾位研究中國文學的外人來遊，我也照例地陪他們遊過吳山後，他們問我說："金人所說的立馬吳山第一峰，是什麼意思？"他們以為吳山總是杭州最高的山，所以金人會有這樣的詩語。我一時解答不出，就只指示了他們以一排南宋故宮的遺址。大約自鳳山門以西，沿鳳凰山以北的一段，一定是南宋的大內，穿過萬松嶺，可以直達湖濱的。他們才豁然大悟地說："原來是如此，立馬吳山，就可以看得到宮城的全部，金人的用意也可算深了。"這一個對於第一峰三字的解釋，不知究竟正確不正確。但南宋故宮的遺址，卻的確可以由城隍山或紫陽山的極頂，看得一望無遺的。

〔本篇作於 1935 年 5 月 8 日〕

雷峰夕照。　傳說《白蛇傳》中的白娘子被法海和尚禁錮在夕照山雷峰塔下。

皇山

屹立在西湖與錢塘江之間，地勢和南北高峰堪稱鼎足；登高一望，

西北看得盡西湖的煙波雲影，……

玉皇山

玉皇山登雲閣。　登閣眺望，腳下亂雲飛渡，江湖山螢一片迷濛，令人有飄飄欲仙之感。

　　杭州西湖的周圍，第一多若是蚊子的話，那第二多當然可以説是寺院裏的和尚尼姑等世外之人了。若五台、普陀各佛地靈場，本來為出家人所獨佔的共和國，情形自然又當別論；可是你若上湖濱去散一回步，注意着試數它一數，大約平均隔五分鐘總可以見到一位緇衣禿頂的佛門子弟，漫然闊步在許多摩登士女的中間；這，説是湖山的點綴，當然也可以。

　　杭州的和尚尼姑，雖則多到了如此，但道士可並不見得比別處更加令人觸目，換句話説，就是數目並不比別處特別的多。建炎南渡，推崇道教，甚至官位之中，也有官觀提舉的一目；而上皇、太后、宮妃、藩主等退隱之所，大抵都是道觀，一脈相沿，按理而講，杭州是應該成為道教的中心區域的，但事實上卻又不然。《西湖遊覽志》裏所説的那些城內外的勝迹道院，現在大都只變了一個地名，院且不存，更哪裏來的道士？

　　西湖邊上，住道士的大寺觀，為一般人所知道而且有時也去去的，北山只有一個黃龍洞，南山當然要推玉皇山了。

玉皇山屹立在西湖與錢塘江之間，地勢和南北高峰堪稱鼎足；登高一望，西北看得盡西湖的煙波雲影，與夫圍繞在湖上的一帶山峰；西南是之江，葉葉風帆，有招之便來，揮之即去之勢；向東展望海門，一點巽峰、兩派潮路，氣象更加雄偉；至於隔岸的越山，江邊的巨塔，因為是居高臨下的關係，俯視下去，倒覺得卑卑不足道了。像這樣的一座玉皇山，而又近在城南尺五之間，闔城的人，全湖的眼，天天在看它，照常識來判斷，當然應該成為湖上第一個名區的，可是香火卻終於沒有靈隱三竺那麼的興旺，我在私下，實在有點兒為它抱不平。

細想想，玉皇山的所以不能和靈隱三竺一樣的興盛，理由自然是有的，就是回為它的高，它的孤峰獨立，不和其他的低巒淺阜聯結在一道。特立獨行之士，孤高傲物之輩，大抵不為世諒，終不免飲恨而終的事例，就可以以這玉皇山的冷落來做證明。

唯其太高，唯其太孤獨了，所以玉皇山上自古迄今，終於只有一個冷落的道觀；既沒有名人雅士的題詠名篇，也沒有豪紳富室的捐輸施捨，致弄得千餘年來，這一座襟長江而帶西湖的玉柱高峰，志書也沒有一部。光緒年間，聽說曾經有一位監院的道士——不知是否月中子？———託人編撰過一冊薄薄的《玉皇山志》的，但它的目的，只在搜集公文案牘而已，記興革、述山川的文字是沒有的，與其稱它作志，倒還不如說它是契據的好。

我閒時上山去，於登眺之餘，每想讓出幾個月的工夫來，為這一座山，為這一座山上的寺觀，抄集些像志書材料的東西；可是蓄志多年，看書也看得不少，但所得的結果，也僅僅二三則而已。這山唐時為玉柱峰，建有玉龍道院；宋時為玉龍山，或單稱龍山，以與東面的鳳凰山相對，使符郭璞"龍飛鳳舞到錢塘"之句；入明無為宗師，創建福星觀，供奉玉皇上帝，始有玉皇山的這一名字。清康熙年間，兩浙總督李敏達公，信堪輿之說，以為離龍回首，所以城中火患頻仍，就在山頭開了日月兩池，山腰造了七隻鐵缸，以像北斗七星之象，合之紫陽山上的坎卦石和北城的水星閣，作了一個大大的鎮火災的迷陣，

靈隱寺。　西湖最古、最大的寺院，殿院深深，氣勢恢宏，公元三百二十六年建，為中國禪宗
十剎之一。

靈隱寺磚雕。

於是玉皇山上的七星缸也就著名了。洪楊時毀後，又由楊昌濬重修了一次，現在的道觀，卻是最近的監院紫東李道士的中興功業，聽說已經花去了十餘萬金錢，還沒有完工哩，這是玉皇山寺觀興廢的大略，係道士向我述説的歷史；而田汝成的《遊覽志》裏之所記，卻又有點不同，他説：“龍山一名臥龍山，又名龍華山，與上下石龍相接。山北有鴻雁池，其東為白塔嶺。上有天真禪寺，梁龍德中錢王建寺，今唯一庵存焉。山腰為登雲台，又名拜郊台。蓋錢王僭郊天地之所也。宋籍田在山麓天龍寺下，中阜規圓，環以溝塍，作八卦狀，俗稱九宮八卦田，至今不紊。山旁有宋郊壇。”

關於玉皇山的歷史，大約盡於此了，至於八卦田外的九連塘（或作九蓮塘），以及慈雲（東面）丁婆（西面）兩嶺的建築物古迹等，當然要另外去考；而俗傳東面山頭的百花公主點將台和海寧陳閣老的祖墳在八卦田下等神話，卻又是無稽之談了。

玉皇山的壞處，實在也就是它的好處。因為平常不大有人去，因為山高難以攀登，所以你若想去一遊，不會遇到成千成萬的下級遊人，如吳山的五狼八豹之類。並且紫來洞新開，東而由長橋而去的一條登山大道新闢，你只教有興致，有走三里山路的腳力，上去花它一整天的工夫，看看長江，看看湖面，便可以把一切的世俗煩惱，一例都消得乾乾淨淨。我平時愛上吳山，可以借登高的遠望而消胸中的塊壘，可是塊壘大了，幾杯薄酒和小小的吳山，還消它不得的時候，就只好上玉皇山去。去年秋天，記得曾和曾鋘他們去過一次，大家都驚歎為杭州的新發現；今年也復去過兩回，每次總能夠發現一點新的好處，所以我説，玉皇山在杭州，倒像是我的一部秘藏之書；東坡食蠔，還有私意，我在這裏倒真吐露了我的肺腑衷情。

〔本篇作於 1935 年 11 月，原載 1936 年 1 月《文學時代》第一卷第三期〕

玉皇山七星缸。 清代浙人以陰陽五行八卦的辦法,在玉皇山腰按北斗七星的排列安置七星鐵缸,以鎮火災。

編後記

陸宗寅

　　郁達夫是中國現代文學史上一位才氣橫溢的作家，他在小說、散文、詩詞和文論等眾多領域都具有深湛的功力和卓越的成就，而且形成了既自然暢達又熱情坦蕩的鮮明風格。這一風格，尤其凸現在他的散文創作中。知名作家張夢陽稱讚郁達夫的散文"帶有比小說更直接更鮮明的自敘傳的性質，發出的是帶有強烈個性的自己的聲音，篇篇洋溢着迴腸蕩氣的詩的調子，充滿了內熱的、濃郁的、清新的情韻"。大文豪郭沫若評價郁達夫"清新的筆調，在中國的枯槁的社會裏面好像吹來一股春風，立刻吹醒了當時的無數青年的心"。

　　郁達夫的散文表現形式是多種多樣的，有遊記、雜文、書簡和傳記體等等。而他的遊記和自傳體散文中，對家鄉的山水情有獨鍾。他曾引用清末杭州大文學家龔自珍"踏破中原窺兩戒，無雙畢竟是家山"的詩句，自豪地表白："我的家山，是在富春江上。"直到今天，我們重溫他那回憶故鄉的散文作品時，仍然感受到強大的藝術魅力，宛如走進了富春江畔夾岸高山、水皆縹碧的秀麗景地，聽到了一位遠遊赤子那真情如訴的歌聲。

　　編選這本《郁達夫的杭州》，意在讓人跨越時間的溝壑，領略經典作品的魅力。由於篇幅所限，對部分與作者故鄉無涉的內容作了一定的刪節。本書得以出版，應該感謝三聯書店（香港）有限公司總編輯李昕先生，在他的啟發、鼓勵和再三催促下，終於使我於繁雜的事務中擠出時間編就此書。